卒業

ごとうしのぶ

Graduation

Shinobu Gotoh

講談社

目次

Graduation
CONTENTS

口絵・おおや和美
装幀・須貝美華

卒業

冬の物語

Graduation

Shinobu Gotoh

◇◆◇　1　◇◆◇

独特な甘い匂いが鼻を掠めて、島岡《しまおか》隆二《りゅうじ》は思わず顔を上げる。

案の定、目の前にはスリーブが巻かれていないシンプルな紙コップ（店名などの印刷もない）。そして紙コップの向こうには、見目麗しい御曹司。

どうぞ、と差し出され、素直に受け取る。

「カルダモンの匂いが、ひときわ立っていますね」

島岡が感想を述べると、

「だろう？」

御曹司は、そのとてつもなく綺麗な造形をふわっと緩めて、満足げに微笑んだ。「コロンバスサークルの近くに出ているワゴンのが確か島岡のお気に入りだったなあと思い出して、それにしたんだよ」

アメリカに於けるウインターシーズン名物のひとつホットアップルサイダー。サイダーといってもノンガスである。圧搾した後にきっちりとは濾過しない、果肉の残ったりんごジュースのことである。

夏場はコールドが一般的だが、冬場はそのまま温めただけのものから、砂糖で甘くしたものにシナモンやジンジャーなど複数のスパイスをプラスしてオリジナルの味付けを駆使したサイダーを売る店が、マンハッタンのあちらこちらに出没していた。

もちろんセントラルパークにも。

メトはメトでもメトロポリタン美術館ではなくメトロポリタン歌劇場にほど近いセントラルパーク南西端出入り口には、中央広場にコロンブス像の立つ円形交差点があり、その界隈に何年も前から出店しているワゴンの、惜し気もなく入れられた複数のスパイスの中でもカルダモンをやや強めに効かせたホットアップルサイダーが、島岡の密かなお気に入りであった。

一度だけ、その話をしたことがある。話した自分はすっかり忘れていたのに、御曹司は覚えていただけでなく、この一杯のためだけに、わざわざそのワゴンまで足を延ばしてくれたわけですね。

そういうことを、自然に、そして楽しげにやってしまう御曹司。

年齢は上であろうと使われている立場の島岡に対してであっても、気持ちを砕くのを惜しまない。

しかも、

「——よく覚えておいでで」

御曹司は〝天才〟に属するとんでもない記憶力の持ち主だが、なんであれ不要であると判断したらメモリーからは削除される。取るに足らない島岡のホットアップルサイダーの好みなど、記憶どころか、そもそも気に留める必要もないレベルだ。

　にもかかわらず。

「日に日に寒さが厳しくなるなあ。今年は初雪、早いかもな」

言いながら、御曹司ことギイこと崎《さき》義《ぎ》一《いち》は、公園のベンチで（いつものように）ひとり黙々とテイクアウトのランチを食していた島岡の隣へ、許可を得ることも打診すらせず、当然のようにすとんと座る。

　すっと組まれた長い脚。その長さを更に強調するような爪先の尖った艶やかな革靴と、本日は珍しくコートの下はスーツである。――本日はビジネスデイ、ですか。

　コンサバティヴであろうとモード系であろうと、最高級品をさりげなく着こなす。まだ二十歳。なのにこの見事なスーツの着こなしっぷりはさすがである。

「……そうかもしれませんね」

　キンと冷えた空気。もし小雨が降り始めたならそのまま雪に変化しそうな、どんよりとやや黒みがかった厚い雲の曇り空。初雪が例年より早くても遅くても、実際のところ島岡の日常業務にはたいして影響はない。適当に相槌を打ちながら、島岡はコートの内ポケットから封筒を取り出し、ギイへ渡した。

　封筒の中身を確認したギイは、

「さすがだ、島岡！」

心の芯から感嘆する。「入手が益々困難になっていると聞いていたから、まだ話してないんだよ。これでようやく提案できる」

「代金はどちらへ請求すればよろしいですか？」

「今、オレが払う」

　仕立ての良い最高級のコート、そのポケットから無造作に取り出された、ざっくり二つ折りされた剝き出しのくたくたな紙幣の束。金色のマネークリップを外すと、数枚の高額ドル紙幣をギイは島岡のコートのポケットに突っ込んだ。

「……いただき過ぎな気がします」

　ホットアップルサイダーを飲みつつ、島岡がぼそりと言う。

「手数料込みってことで」

　ギイがまた笑うと、――しあわせそうな無邪気な笑みに、島岡は、もう一年くらいカリフォルニアで軟禁生活していれば良かったのに。と、こっそり思った。いや、本気で思ったわけではないが、こうあけすけにしあわせそうな表情をされると、意地悪したくなるのが人情であろう。もちろん実行はしないし、もちろん、落ち込む姿を見るより断然こちらの方が良い。

　ギイは自分のホットアップルサイダーをがぶりと飲むと、

「これ、託生《たくみ》には不評なんだろうなあ」

と、また笑う。

「カルダモンがお口に合いませんか？」

癖のある香辛料なので日本人には好き嫌いが大きく分かれると聞く。

「スパイスじゃなくて、甘さがさ。あいつ、甘いの苦手だから」

「そうなんですか？　ケーキとかお好きそうな印象でしたが」

「な？　見た目がそんな感じだよな？　ところが、真逆で」

「真逆……」

御曹司こそ、シャープな見かけによらず甘党である。

「オレとしては、とにかく託生を楽しませたかったんだ」

「――なんのお話ですか？」

島岡はきょとんとする。文脈が、よくわからない。

「だから、最高の時間を託生と過ごしたかったんだよ」

「お言葉を返すようですが、義一さんが葉山《はやま》さんと最高の時間を過ごそうとするのは、むしろ常のことですよね？」

なにを今更？　と言葉にはしないが、なにを言いたいのか、この御曹司は。

だいたいにして、つい先月ヒースロー空港で待ち合わせてロンドンデートしたばかりではないか。それも、御曹司のスケジュールに葉山託生が合わせてくれて。

外国に不慣れな葉山託生だが、ニューヨークへもひとりで行けたことだし（マンハッタンへは数年前に行ったことがあるので多少は様子や勝手がわかるから、英語はほとんど喋れないが、ひとりでもなんとかなったそうだ）、初めてのロンドンでも、空港までなら、ひとりで行けるかもしれないと。最大の難関である入国審査で案の定、審査官の質問が聞き取れずピンチに陥ったそうだが、そこもどうにかクリアして。

　自分のために不慣れなことでも挑戦し続けてくれる愛しい人へ、少しでも報いたいと、御曹司がスケジュールの合間を縫って、ふたりの時間を充実させるべく尽力したであろうことは想像に難くない。

「二年前にあんなに酷《ひど》い別れ方を、――オレは託生を置き去りにしたようなものなのに、誰よりオレを恨んでいてもおかしくない託生が、死に物狂いで努力してこのマンハッタンまでオレに会いにきてくれて……」

　ギイは息が止まりそうなほどに感動した。まるで奇跡のような、けれどそれは、託生の努力の結晶だった。「おかげで、この夏にようやく再会できて」

「……そうでしたね」

　ようやく、会えた。

「オレとしては、託生の想いを何倍にもして返したかったわけだよ。託生がマンハッタンにいる間に。なのにあいつ、まあ託生らしいといえば託生らしいんだけど、大学が設定したとおりのスケジュールで帰国しようとするし。つまり、会えた翌日には帰るって意味なんだけどさ」

　御曹司はやれやれと（わざとらしく）大袈裟に肩を竦《すく》めて見せて、「オレはもうあの手この手で託生の帰国を引き留めて、ぎりぎりまで延ばして、めでたく毎日デートできたわけだけど、甘いものであいつが受け付けたのは、フレッシュのフルーツとアイスクリームだけだったんだ。ケーキは全滅。話題騒然のマンハッタンで最もホットなスポットでもある、行列が大っ嫌いなニューヨーカーがこぞって並ぶという大絶賛のパンケーキを、修行僧みたいな無私の表情で食べてたよ」

「それは……、お気の毒でしたね」

「すげー可愛かった」

「義一さん？　それって、好きな子を苛《いじ》めたくなるアレですか？」

「どうかなあ？　オレとしては、甘いものがそんなに得意ではない託生でも、あの店のは間違いなく美味しく食べられるだろうと踏んで誘ったわけだけど、読みは外したが、それはそれとして、託生は笑ってても不機嫌にしてても可愛いし、オレに食ってかかるときとか最高だし、苛めたくなるし、護りたくなるし」

「大忙しですね」

「なんでオレ、こんなにあいつのこと好きなんだろう？」

とろけそうな笑顔でギイが訊く。

「知りませんよ。——会えない時間がますます愛を育てるんじゃないですか」

島岡は古い日本の歌謡曲の歌詞を引用して、やや牽制。

会えない時間が、愛を育てる。

「――そうかなあ？」

ギイはくすぐったそうに肩を上げ、「やっぱ、そーなのかなあ？」上機嫌にホットアップルサイダーを飲み干した。

　葉山託生が全寮制男子校の私立祠堂《しどう》学院高等学校を卒業したのちに、バイオリン専攻で昨年進学した、私立桜《さくら》ノ宮坂《みやさか》音楽大学。その広い構内で、華やかなピアノ科の女子学生たちとすれ違った。

「やっぱりアクセサリーじゃない？　私は綺麗なペンダントトップが良《い》いわ」

「前にブランドのバッグが良いって言ってなかった？」

「それは誕生日に取っておくことにしたの。クリスマスはやっぱり、キラキラしているものをもらいたいもの。もしくは、ピアス？」

　本物の〝お嬢様〟の定義がいまひとつ託生にはわからないのだが、雰囲気お嬢様も含めお嬢様度が高めのピアノ科は、遠くからでも一目でそうとわかる。外れることもあるのだが、今回は彼女たちが胸に抱えているピアノ用の大判の楽譜のおかげで答え合わせは済んでいた。正解であった。

　楽しそうな彼女たちの、クリスマスに何を贈るか、ではなく、何を贈られたいか、で盛り上がっているところがさすがだな、と、おかしな感心をしつつ、託生は気づく。

「しまった……！」

かくいう自分も考えてなかった！

高校三年生の九月に衝撃的な別れを迎え、完全に音信不通だった約二年の月日を経て、この夏、奇跡的に再び会うことが叶った恋人のギイ。

ひとたび再会の扉が開かれたならば、ギイは多忙なスケジュールをやり繰りして積極的に託生との時間を作ってくれた。

ただしギイは常に海外にいるので、日本にいる託生とはメールか電話での会話が交流のメインである。——再会した真夏のニューヨーク、大学の夏休みが終わるぎりぎりまで託生はギイと一緒にいたのだが、その後、実は、秋にヨーロッパへ（短期間ながら）ふたりで一緒に旅をした。夢のように楽しかった。

そして、この冬、ついに、ギイが日本へ来てくれることになったのだ。託生や友人たちの前からギイが忽然《こつぜん》と姿を消したあの日、高校三年生の九月から、一度も訪れることのなかった日本へ。

クリスマスに合わせたわけではないのだが、スケジュールの都合で、結果的にクリスマスイブに日本へ来ることになったギイ。

そう、せっかく今年は一緒にクリスマスというイベントを楽しめるのに、託生はギイが日本に来てくれる、そのことだけで嬉しくて、約一ヵ月後には〝会える〟ことが、会いに行くよと約束してくれたギイの言葉だけですっかり嬉しくなっていて、その日がクリスマスイブであることにぜんぜん意識が向いていなかった。

もしかしたら、イベント好きでサプライズ好きなギイのことなので、

「結果的に、十二月二十四日に日本へ行けることになったよ」

と嬉しそうに伝えられたものの、その日を狙っていたのかもしれない。

どちらにしろ、つまり、ギイから託生へのクリスマスプレゼントは〝クリスマスに日本へ会いに来てくれる〟ことである。とてつもなく贅沢なクリスマスプレゼントを、託生は受け取ることになるのだ。

――あんな立ち去り方をしたから、日本へ行くのは敷居が高い。

最近の、ギイの口癖。

いや、口癖というほど軽いものではないのだが、ことあるごとにギイはその言葉を口にするのだ。

そのギイが、託生のために、日本を訪れる決意をしてくれた。

……会いたいな。と、久しぶりの電話で、その通話の切り際で、うっかり託生が本音を零《こぼ》してしまったから。

ギイとしてはクリスマスプレゼントのつもりではないのかもしれない。だとしても、ギイは自分に会いに来てくれる。願いを、託生の望みを叶えるために。

では、自分は？

「――ギイに、何をあげたらいいんだ？」

なんでも持っていそうなギイ。イメージだけでなく、きっと、なんでも持っている。

ギイとつきあう上での鉄則のひとつ、わからないことは（下手な考え休むに似たり、をもじって、託生の考え休むに似たり、とギイにからかわれるので）本人に訊く。そして、気づいたときには即、実行。

託生は携帯電話を取り出すと、

『今頃でごめん。クリスマスプレゼント、何が良い？』

短くギイへメールした。

ギイの声が聞きたいときは電話をかける。けれど通常は、彼が今、世界のどこにいるかわからないし、大事な用件の最中だとしたら邪魔になるのは避けたいし、時差や機内などの場面も考慮して、託生からの連絡はメールである。こちらの都合で勝手に送って、向こうの都合の良いときに返信がくる。

使い慣れてみると随分と気楽であった。返信までに時間や、たまにかなりの日数がかかることもあるのだが、ひっくるめて、気楽であった。

おかげで、託生も返事を急かされない。

と、今回はタイミングが合ったのか、送ってすぐに返事がきた。だがしかし、文面を読んで託生は更に頭を抱えてしまった。

「どどどうしよう……！」

そこには、

『託生がオレに贈りたい物』

と、あった。

「ぼくがギイに贈りたい物……」

って、なんだろう？

パッとは思い浮かばない。

もし託生に野沢《のざわ》政貴《まさたか》のような作曲や編曲の才能があったなら、ギイに曲のひとつも贈れるかもしれない。バイオリンの演奏を贈るとしても、ギイに再会したい一心で練習に練習に練習を重ね今年の特別交換留学生に選ばれて、お披露目の演奏会で（ギイが会場にいてもいなくてもギイのために全力で弾いたら）奇跡のように聴いてもらえた。ギイに聴いてもらいたいという切なる願いは、この夏に叶ってしまったのだ。

贈りたい物。

ギイは、ぼくがなにを贈ったら、喜んでくれるだろうか……？

——弱った。ぜんっぜん、思いつかない。

そのときだった。

「葉山くーん」

遠くから呼ばれて周囲を見回すと、大学構内にある小洒落たカフェのテラス席で、野沢政貴がにこにことこちらへ手を振っていた。

噂をすれば（噂ではなく脳裏に思い浮かべただけだが）影がさす、というけれども、その偶然に託生は嬉しくなった。

そして、ハッとする。

――そうか！　ギイに、ぼくが、贈りたいもの！

気づくきっかけを与えてくれた政貴へ小走りに近づいてみると、慌ただしい年の瀬がじわりじわりと迫りくる十一月も下旬となった寒空の下、まったく人気のない四人掛けのテラス席に政貴はひとりで、テーブルの上に書きかけの五線紙を複数枚広げていた。段が多く罫線の間隔が狭いスコア用だ。

ここで、作業を？

「……寒くない？」

挨拶をすっ飛ばし、託生は思わず訊いてしまう。

「寒いよ」

政貴はにっこりと笑って、「でも祠堂の十一月に比べたら、ぜんぜん余裕の寒さだけれどね。じっと座って作業ができる程度には」

「おっかしいなあ、ぼくもその寒さの中にいたはずなのに」

託生は笑って、仕草で政貴が勧めるままに同じテーブルの椅子に座る。

「筋金入りの寒がりだからなあ、葉山くん」

政貴はからかって、「おかげでテラス席の人気がまったくないから、のんびりとテーブルを占拠して作業していても、後ろめたさがなくていいよ」

「おお、前向きな発言」

とはいえ、まだ十一月だけれども、涼しいというよりは断然、寒い。

「あ、見かけたからつい条件反射で呼び止めちゃったけど、葉山くん、用事とか？」

「ないない、大丈夫。というか、——カフェのオーダーって中のカウンターで、だよね。温かい飲み物買ってくるよ。野沢くんもなにか飲む？　コーヒーのお代わりとか？」

「なら、ポットの紅茶を。ストレートの」

財布を取り出そうとした政貴を遮って、

「いつも奢ってもらってばかりだから、たまにはぼくが奢るよ」

託生はカフェの中へ。

トレイに飲み物を載せてテラス席へ戻ってくると、テーブルの上がざっくりと片付けられていた。

繊細そうな外見をしていながら大雑把、という政貴の持ち味は大学二年生になっても変わらない。大雑把だが、物の扱いが雑というわけではない。大判なので折れやすい五線紙は、だがぴしっとしていて皺《しわ》ひとつなく、ゴマ粒のようにぱぱぱぱと書き込まれている大量の音符も、判別不明ではなかった。

「ごめん野沢くん、むしろ作業の邪魔しちゃったんじゃない？」

「そんなことはないよ？　そろそろ一息つきたかったし、葉山くんと、久しぶりに話もしたかったし。元気そうでなにより」

「野沢くんも、元気そうだね」

「おかげさまで。――先週は教職の休講が立て続けだったから、そこしか葉山くんとは会えないし、かれこれ十日ぶり、くらい？」

「十日？　もっと会えてないような気がしてたけども」

　高校時代の同級生で、ただひとり、同じ大学に進んだ政貴。全寮制の高校だったので、友人たちとはクラスや部活が別々でも、校内や敷地内で一日に何度となく顔を合わせるのが日常で、話をするどころか顔すら見かけないで十日間、などということはなかなか発生しなかった。

　それでも、会わずにいた期間がぽんと（仮に数ヵ月ほど）開いたとしても、政貴とは、昨日も会っていたような気安さで会話を始めることができる。託生の親友の片倉利久《かたくらとしひさ》ともそんな感じだが、もしかしたら託生にとっては政貴とも（お互いに具体的に言葉にしたことはないのだが）〝親友〟と呼べる間柄なのかもしれなかった。利久との関係とは異なり呼称こそ「政貴」ではなく「野沢くん」だとしても。

「いただきます」

　ポットから熱々の紅茶をカップに注いで、政貴は一口そっとすする。「つ、あっつ！……ふぅ、美味しい」

「でも実は、ぼくの方はちょくちょく野沢くんを構内で見かけていたんだ。たいてい誰かと一緒で、たいてい真剣な表情で打ち合わせしてるっぽかったし、年末に向けて野沢くん忙しいんだろうなと思って、声は掛けずにいたんだけど」

「そうだったのか！」

政貴は顔の前でぱちんと両手を合わせると、「ごめんね葉山くん、おかしな気を遣わせていたね」

「ううんぜんぜん。謝られるような、そんなんじゃないから、気にしないでよ」

トロンボーン専攻で入学したものの、現在の政貴は、作曲や編曲の才能に目を付けた作曲科の教授と、加えて、最近になって指揮法の時間に指揮の才能に目を付けた指揮科の教授とが、どうにか手元へ引き抜けないものかと（専攻の乗り換えを目論んで）あれやこれや画策しているらしく、トロンボーンの練習よりもややもすれば作曲や指揮の課題に追われているという、本末転倒な展開になっていた。

おまけに政貴は託生と同じく教職課程を履修しているので、ただでさえ課題が盛りだくさんなのである。

だがそのハードな日々を、政貴は生き生きと、楽しげに送っていた。

充実した大学生活。

それは託生も同じだけれど、音楽大学に入学して二年生の後半ともなると、少しずつ、それぞれの特徴が現れ始めているのかもしれない。

託生には作曲や編曲や指揮の才能は（残念ながら）顕現していないのだが、専科のバイオリンの実技を学ぶのは楽しかった。決して楽ではないのだが、日々、自分の演奏と辛辣《しんらつ》なまでに向き合い、研鑽を重ねる楽しさを、味わっていた。

「これからは遠慮しないで、どんどん声を掛けてくれないか」

「空気を読まずにって意味で？」

「そう、読まなくていいよ。ぜんぜん、かまわない」

政貴は複雑な表情で、「没頭しちゃうと、存外まわりが目に入らなくなるタイプなんだなと、大学に入ってしばらくしてから気づいたよ。祠堂にいた頃は、むしろまわりのことばかり気になっていたんだけど……」

自分のことより他人のこと。

山奥の全寮制高校という閉ざされた空間で、限られた面子《メンツ》と団体生活を送るのだから、皆、大なり小なり心掛けていた部分ではあるが、

「階段長に選ばれるくらいだし、みんな野沢くんは気配りの達人だと思ってたよ。事実、そうだし」

階段長とは、四階建ての学生寮の各階にひとりずつ配置されている、先生よりは気軽に、友人よりは頼りになる、相談役のような責任者のような生徒のことで、毎年、全生徒の選挙によって選ばれていた。

政貴は三年生のときの二階の階段長であった。

「気配りの達人、か。そうかなあ、どうかなあ……？」

謙遜というよりは曖昧な表情で、政貴は両手で包むようにしていた紅茶のカップへ視線を落とす。「自分のこと、自分でよくわかってるつもりでいたけど、お門違いな捉え方をしていたかもしれないよね」

「え？　野沢くん？　どうかした？　なにかあった？」

今年で二十歳を迎える託生たち。——託生は早生まれなので二十歳になるのは来年なのだが、そんな細かいことは横へ置き、「もし悩み事があるなら、解決はできないかもだけど、ぼくで良ければ話くらい聞くよ？　頼りにならないかもだけど、聞くよ？」

前のめりになった託生へ、政貴はホッとしたようにくすくす笑うと、

「ありがとう、葉山くん。悩み事というか、高校生の頃は、自分はけっこういけてるかもしれないと思ってたんだよ、これでも」

「うん？　あ、うん。実際いけてると思うよ、野沢くん」

努力家で、才能だけでなく人望もあって、性格も良くて、頭脳明晰で。

「可能性も無限大って思ってたけど、無事に大学に入れたものの、いざ入学してみたら、トロンボーンを極めても食べてはいけない、ただのコストの高い自己満足で終わりそうな現実を知り、作曲や指揮を本格的に学び始めて、学ぶこと自体はとても面白いけれど、これが職業に繋がるのかと訊かれたら、めちゃくちゃ厳しさしか見えてこなくて。高校時代の自分はもっと自分を、自分の未来や可能性をもっともっと大きく感じていたのに、今はものすごくちいさく感じられて、切ないんだ」

「……わかる」

託生は静かに頷いた。「野沢くん、それ、ものすっっっごくわかる！」

高校時代に祠堂でバイオリンを弾く生徒は全校でも託生ひとりきりで、珍しくもあり、目立ちもし、関心や注目をそれなりに集めていた部分もあったのだが、いかんせん、音大にはそのような学生は掃いて捨てるほど（失礼）いるのである。しかも皆が皆、才能豊かな学生たちなのである。

「どの科目とか関係なく、教授にしろ、誰にしろ、誉められても手放しで素直に喜べないというか、誉められたらそれはもちろん嬉しいんだけど、上には上がいるからなあって、ついね」

誉められて浮かれる間もなく、すうっと現実に戻ってしまう。

「わかる。右も左も見渡す限りライバルだらけだものね。自信持つの、難しいよね」

「たまに気持ちが変に煽られて、うわーっこんなんじゃぜんぜん自分ダメかもしれないって、焦ってムキになって課題に傾注したりしてね。——これも一種の逃避なのかもしれないけれど、課題に取り組んでる間は落ち着くというか、それに集中しているから、気持ちが安定しているというか」

「……うん」

託生は作曲法をまだ選択しておらず、指揮法も来年で良いかなとのんびり後回しにしているので、それらの課題に取り組んでいる間は集中していて落ち着くという政貴の感覚は残念ながら完全には理解できないのだけれど、なにやら正体のよくわからないものに、じわじわと追い詰められているという感覚や、意味もなく焦ってしまいそうになる心境は、痛いくらいにわかるのであった。

　もしかして——。

「それで野沢くん、どんなにしんどくても、教職を取り続けてるんだ？」

　もちろん、卒業後には教師の道を、と想定して教職は取る。託生もそうだ。政貴もそうだ。だが、教職以外にも政貴が取っている講義の数は半端でなく、そんなに無理をしなくてもと、つい心配になってしまう数であった。

　もしかして、不安に押し潰されないように学ぶことを増やして、結果、前向きに時間を費やしているのかな。

「そうなんだ。学べばもっと自分に自信がついて落ち着くかと期待して」

　政貴は頷きつつも、「だけど、そううまくはいかないんだよね。学んでも学んでも、むしろわからないことがどんどん増えて、たまに自己嫌悪に陥るよ」

「でも楽しそうだよ、傍《はた》から見てると」

　託生が言うと、政貴がぽんと顔を上げた。

「——楽しそう？　そう見える？」

「うん。見える。充実してるようにも見えるし、生き生きしてる」

「そっか。……そうか。なら、いいのかな」

政貴はカップから手を離すと、ゆっくりと顎を引き、椅子の背凭《せもた》れに上体を預けた。

高校在学中に自分が中心となって創部した吹奏楽部の指導のために、時間を作っては足繁く祠堂へ通っている政貴。部の先輩として、音大生と立場は変わっても音楽を志すひとりの仲間として、祠堂を卒業してからすぐに活動を始めていた。

祠堂学院そのものには高校として百年近い永き伝統があるのだが、政貴が入学してから孤軍奮闘して創部した吹奏楽部には、他の多くの高校の吹奏楽部にあるような、先輩から後輩へと明確に受け継がれる伝統的な技術の継承（指導方法など）は、まだしっかりとは確立されていない。

在学中に政貴は、なんとしてもコンクールの入賞（全国大会への進出）を狙っていたのだが残念ながらそれは叶わず、足繁く指導に通う理由のひとつには、後輩たちの代でその夢を叶えたいとの目標もあるのだろうが、それはそれとして、託生はてっきり、政貴はゆくゆくは音楽の教師になりたいと、できれば就職先は祠堂学院にと、それを見据えて着々と準備を進めているのかと（勝手に）推測していた。――政貴の恋人の駒澤瑛二《こまざわえいじ》が昨年はまだ三年生に在籍していたのも、足繁く通う理由のひとつだったのかもしれないが。

「自分としては、前向きな選択をしているつもりなんだけど、無意識に将来への不安から逃れようと却って空回りしているのかもしれないって、たまにね、ひやりとするんだ。でも葉山くんにそう言ってもらえて、お世辞抜きでホッとしたよ」

葉山託生は野沢政貴にとって、数少ない、気の置けない友人のひとりだ。

「ぼくも、野沢くんを見かけると勝手にホッとするよ。ああ、頑張ってるんだなあって、ぼくも頑張ろうって、勝手に励まされてる」

　託生にとっても野沢政貴は、気の置けない、数少ない友人のひとりである。

　政貴はハッとしたように視線を上げて、

「もしかして。もしかしてギイも、こういう気分だったのかな。だって葉山くんといるときのギイ、いつも穏やかで嬉しそうな表情をしてたよね」

「え？　そうだった？」

　託生は記憶を巡らせる、が。――いや？　喜怒哀楽が入り交じり、いつも穏やか、というわけでは、なかった、ような……？

「つくづくギイって人を見る目があるよね。なんだろう、祠堂にいたときはそこまで思わなかったけれど、葉山くんて、裏切らない感じがするんだ。だから反射的に、いや本能的にかな、ホッとしちゃうんだろうな」

「――裏切らない？」

　託生はきょとんと訊き返す。

「ぶっちゃけ、隙あらば蹴落とすなり罠《わな》に嵌《は》めるなり試験の演奏で失敗しろと念じたり、そういう負の感情が、俺たちが今いるこの世界にはけっこう渦巻いてるじゃないか。憧れや妬《ねた》みや勝ち負けの感情が渦巻いてるというか、油断大敵とか、おかしな緊張感とかね、ことあるごとに見聞きするし、遭遇するし、たまに被《こうむ》るし。けれど葉山くんは、そういうのとまったく無縁な感じがするんだよ」

「ややや、ぼくだって、上手な人には嫉妬するし、落ち込むし、たまに上手く行くと自惚《うぬぼ》れるし、たいしたことないよ？」

「そうかもしれないけれど、そうじゃなくてさ」

政貴はふふっと笑って、「気持ちがささくれたとき、本当に、葉山くんに会うとホッとするんだ」

「ささくれ……？」

「軽くやさぐれたとき、という意味」

「やさぐれる？　野沢くんが？」

「実はやさぐれるんだよ、俺も」

人間だからね。と、冗談を付け加えた政貴は、「で、たかが一音大生の自分ですらこうなんだから、既にたくさんの大人と関わっていて、損得とか、陰謀とか、比べ物にならないスケールのシビアで世知辛い世界に住んでいたギイにとって、葉山くんて奇跡の存在なんだろうなって。ぱっと見で価値に気づけるような、そんな単純な話でもないと思うし、というか、大人になってきたからようやく俺にもそれがどんなに奇跡的な出会いなのか理解できるようになったというか、……ごめん、この説明だと伝わりにくいね。ともかく、あの頃も、今も、ギイが葉山くんを手放そうとしないのって、なんとなく、俺にもわかるかなって話」

聞きながらみるみる赤面した託生は、

「ももうやめよう野沢くん。肯定的な意見をもらえるの、嬉しいけど、慣れてなくて、恥ずかしいよ」

「ごめんごめん、じゃあ、やめる」

政貴は笑って、「――その後、ギイは元気にしてる？」

地続きだが似て非なる話題に変えた。

ギイの一件は、未だ政貴たち同級生にとって心に痛みを伴う非常にセンシティブな話題だ。乗り越えたのは、目の前にいる葉山託生ただひとりである。

最もダメージを受けているであろう人物が一番最初に立ち直り、力強く立ち上がり、その手で恋人を取り戻した。

「元気だと思うよ。メールのやりとり以外には電話でしか話してないし、相変わらず忙しそうだけど」

「相変わらず忙しそう、ということは元気である証《あかし》、と？」

「うん、じゃ、ないかなって」

「葉山くん、次にギイに会うのは？　……会う予定とか、あるのかな？」

「それがね！　クリスマスイブに、ついに日本に来てくれることになって」

託生はやや興奮気味に応えた。

ついに。――二年前の九月、突如として自分たちの前から、日本から、いなくなってしまったギイだが、この夏に再会できたときには、いなくなってしまった理由のひとつである親との約束をようやく果たし、晴れて自由の身となっていた。

もう、いつでもどこへでも行けるのに、顔向けができない、敷居が高いと、日本にだけは来ようとしなかったのだ。

そのギイが、ついに、日本に来てくれる。

「――クリスマスイブ？」

「それでね野沢くん、実は、野沢くんに相談したいことがあって」

「……もしかして、俺たちにも会わせてくれるのかい？」

「前にも野沢くんに話したことがあるけれど、ギイ、らしくなく、怖《お》じけづいてるんだ、みんなに会うこと」

「うん、そう話してくれたね」

「けれど、ギイこそ、みんなに会いたいと思ってるんじゃないかなって」

「わかる。俺も、そう思う」

「だから、強制的に会わせちゃうの、どうかなって」

「サプライズで？」

「うん。サプライズはギイの専売特許だけど、逆手に取って」

「いいね！」

政貴が弾けたように頷く。

「良いと思う？」

「すごく良いと思う」

　ああ、ようやく、ギイに会える。口先ではあれこれ言ってても、本心では会いたがっていた友人たち。決して、絶対に、言葉にできずにいたけれど、——ようやく会える。

「クリスマスイブなのはたまたまなんだけど、規模はちいさくてもいいから、パーティーを開くのはどうかなって」

「協力するよ、葉山くん！」

　政貴が力強く言う。

「ありがとう！　野沢くんのおかげで、少し肩の荷が降りたよ。ギイにクリスマスプレゼントを贈りたかったんだけれど、ギイが日本に来てくれる以上の、ぼくからのお返しのプレゼントなんてまったく思いつかなくて。ただ、ぼくがギイに一番贈りたいものは物じゃないなって、野沢くんの顔を見たときに気づいて」

　贈りたいのは物ではない。失った辛さを言葉にできないほどにギイが心の底で一番望んでいるもの、大事にしていた友人たちとの再びの絆を、取り戻してあげたい。

「俺の顔？」

「おまけに、サプライズパーティーにも協力してもらえるなんて、どう感謝したらいいかわからないよ」

「感謝とか、気が早いよ葉山くん。サプライズパーティーが無事に成功したら、そしたら感謝してくれよ。葉山くんに感謝してもらえるよう、力を尽くすし」

「ありがとう、野沢くん！」

「そしたら早速、できるだけ多くの同級生に連絡入れておくよ」

「うん、ぼくも少ないなりに連絡してみる」

　政貴が一緒に動いてくれると心強い。なにせ託生はお世辞にも、友人が多い方ではないのだ。片や野沢政貴は階段長に選ばれただけあって、交友の範囲がとにかく広い。「パーティー会場についても、あとでまた相談にのってもらっていい？」

「もちろん、いいよ。数人で集まるならカラオケの個室でも大丈夫そうだけど、それなりの人数が集まるようなら、考えないとね」

「だよね！」

　道がぱあっと明るく開けて安堵《あんど》した託生は、ふと、「あれ？　でも、もしかして野沢くん、クリスマスイブって駒澤くんと約束があったりしない？」

「あるにはあるけど」

「だよね？　野沢くんはともかく、駒澤くんは、クリスマスイブに野沢くんとデートしたいよね」

　クリスマスイブとは、世の恋人同士にとって最高にロマンティックな夜ではないか。

　繊細そうで雰囲気のある政貴は外見こそロマンティストに見えるのだが、中身は真逆であった。一方、野獣のような外見なれど駒澤は、政貴愛用のペンでこっそりおまじないをするような生粋《きっすい》のロマンティストなのである。

「俺はともかく、って」

政貴はぷぷっと噴き出すと、「さすがに失礼じゃないか？」

「あ、ごめん」

「当たってるけど」

からりと笑う政貴に、

「フォ、フォローってわけではないけど、もしかしてその書きかけの楽譜って、作曲の、もしかして駒澤くんへのクリスマスプレゼント？」

楽譜をプレゼントされたところで、楽器をするでなし譜面もろくに読めない人からすればちっとも嬉しくないかもしれないが、駒澤ならば話は別だ。恋人が自作の曲をプレゼントしてくれたならば、――やり過ぎ感漂う〝引かれる〟プレゼントの代表格だったりもするけれども、世の人々はどうであれ、駒澤はとてつもなく喜ぶだろう。

「いや、違うけど。なんで？」

「メインがトロンボーンだったから。野沢くんが吹いて、録音した曲と楽譜とをセットにして、駒澤くんにプレゼントするのかなって」

「違うけど――」

鋭いな、葉山くん。「これ、頼まれものなんだ。トロンボーンをメインにした曲をと、オーダーを受けて」

「え？　仕事？　作曲の依頼ってこと？　すごい……！」

「そんなにたいそうなものじゃないんだ。小編成オーケストラ用の短い曲だし、ギャランティも安いし」

謙遜するも、「でも、一応、仕事は、仕事かな」

政貴は誇らしい心持ちで遠慮がちに続けた。

「すごいよ！　だって、ちゃんとプロとして依頼されたってことだろ？」

「そうなんだけど、でも、からくりはたいしたことないんだ。知り合いから頼まれただけだし、だから、でも、うん、……でも、依頼されれば嬉しいよね。だから、演奏されるときには駒澤にも聴きにきてもらいたいと思ってて。駒澤のために作ってるわけではないけれど、あながち外れてもいないと言うか……」

ロマンティストではないけれど、政貴の駒澤を想う気持ちは、託生にはたまらなくロマンティックに映る。

愛されてるなあ、駒澤くん。

「ああ、やっぱり野沢くんはすごいなあ。高校のときにも思ってたけど、吹奏楽部を立ち上げたことといい、今も祠堂に足繁く通って吹奏楽部を育て続けていることといい、ぼくにはとても真似できないし、すごいなって尊敬してたけど、プロとして曲を提供するなんて、ぼくの一歩も二歩も先を進んでいて、本当に、すごいなあ」

「葉山くんだって充分にすごいじゃないか」

政貴は本気で言う。「ちゃんと、有言実行で、超絶狭き門の特別交換留学生に選ばれたし、なにより、ギイを取り戻してくれた。すごいよ」

「そ、そうかな……？」

照れつつも、託生は素直に嬉しかった。

右を向いても左を見ても、不安だらけの音大生生活。才能に溢れているのが当たり前という高いレベルの学生たちに囲まれて、自信喪失する場面には事欠かず。けれど、だからこそ、誠実な友人の、誠実な言葉は、心の支えになるのだ。

セルフォンが着信した。

人待ち顔で蔦《つた》の這うレンガの壁に寄りかかっていたギイは、体を起こすとコートのポケットからセルフォンを取り出す。

「もしもし？」

「ギイ!?　ねえ聞いて、ナガルったらね！」

こちらの都合を確認することもせずマシンガンが炸裂したようにいきなり勢い良く話し始めたのは妹の絵利子《えりこ》だ。通称、エリィ。

目の中に入れても痛くないほど可愛がってくれている兄に対して、自覚のあるエリィは遠慮を知らない。まあ、それもひっくるめて可愛いのだが。おまけに――。

　たいそうな剣幕でまくしたてる妹の話を適度に相槌を打ちつつ聞いていると、石畳の歩道の向こうから待ち人がやってきた。セルフォンを耳に当てているギイを気遣うように静かに近づき、歩道から数段石段を上がった先にある集合住宅の玄関を指さした。

　ギイは頷き、話しながら、のんびり後をついてゆく。

　近隣に複数の大学のいくつかの施設があるので、この界隈には多くの大学生が住んでいる。マンハッタン価格というだけでなく、セントラルパークに近い立地ゆえに、ちいさいアパートのさほど広くない部屋であってもけっこうな家賃を取られる。

　思う存分ぶちまけてようやく気が済んだ妹は、

「はー。すっきりした。ありがとうギイ。今夜は一緒にディナーを食べましょう。気をつけて帰ってきてね」

　ご機嫌で通話を切った。

　ギイは、苦笑。

「……お詫びにコーヒー、淹れましょうか？」

　察しの良い待ち人は、どちらの豆が良いですか？　と尋ねるように、両手にひとつずつコーヒー豆の袋を持ち上げて見せた。

「いや、コーヒーはいいよ、ありがとう。それより流《ながる》、オレとの約束を優先させるより、エリィとの時間を大切にした方が良かったんじゃないか？」

「用事は済んでたんですよ、とっくに」

——やっぱり。

思ったが、言葉にはしない。

「散々引き留められて、ようやく解放されたんです」

「申し訳ない。本当にエリィは流が大好きだからなあ」

あの、万事に引っ込み思案でおとなしい妹が、こと〝ボーイフレンドのナガル〟に関してだけは、(兄に甘えるのとはまた別のベクトルで)やけに積極的に、やけに情熱的に、なるのである。——要するに、甘えているのだが。

そのエリィに、迷惑しているのか、満更でもないのか、感情の起伏が少ないので鷹司《たかつかさ》流は表情や態度や言葉などから斟酌《しんしゃく》するのが難しいタイプの少年だ。だが、どのみち、恋人とであってもベタベタとした密接な付き合いはさほど好まないのであろう。そしておそらく、それなりにひとりの時間がないと窒息してしまうタイプなのだ。

己の感情に呑み込まれないからか、流は非常に目端が利く。役割に応じて、優秀さを誰にも気取《けど》られることなく動くことすらできる。誰にどう接すれば効果的か、見事に使い分けていた。年齢にそぐわぬその能力の高さを見込まれ、ギイの父親からの密命を帯びつつ祠堂ではピエロを演じていたのである。

流は、親と交わした約束を先へ先へと延ばし(ある意味、破り続け)、祠堂にいたギイのお目付役であり、同時に、後方支援もしていたのだった。

分を弁《わきま》え身を引くことに抵抗のない流。だからなのか、流には、エリィと自分の立場や身分の差を考慮し、ふたりの距離を必要以上に詰めまいとしている傾向があった。

気にすることはないのにな。

ギイとても、恋人の託生と自分とでは相当に住む世界に開きがある。だが、そんなことをいちいち気にしていたら誰よりも大切な存在を失いかねない。

「——それで、俺に渡したいものってなんですか？」

流が訊く。

ギイはラフなレザーのジャケットコートの内ポケットから封筒を取り出すと、

「流に魔法のチケットを二枚、プレゼントするよ」

するりと差し出した。

途端に、やや警戒気味に流が顎を引く。

「魔法のチケット、ですか……？」

「オレの代理、頼んでいいかい？」

「それって、もしかして——？」

「そう。エリィがなにより楽しみにしている、恒例の新年のアメフトの試合。オレの不徳の致すところで、去年も今年も連れて行ってあげられなかったから、来年こそはとがっちりチケットは手配しておいたんだが、——流」

「……はい」

「オレは、調整に調整を重ねて、ようやく、やっと確保できた冬のホリデイを、心置きなく日本で過ごしたいんだ。だから、エリィのエスコートはきみに頼みたい」

大好きな兄と元日にボウルゲームをスタジアムまで遠征して観戦するのを毎年の楽しみにしている妹だが、流とふたりの観戦ならば、もっと楽しいことだろう。「思うに、あいつはひとつでもいいから、ちゃんとした約束を流と交わしたいんだよ」

「約束はその都度ちゃんとしてますし、破ったことはないです」

律義な流にギイは微笑ましくなる。

「知ってる。でも、そうじゃなくてさ」

ギイは明るく否定して、「流が了解してくれたら、オレはエリィに引き留められることなく日本へ発《た》てるし、エリィも楽しく新年を迎えられる。人助けと思って、ここはひとつ引き受けてくれないか？」

「ですけどギイ、ということは、これはプラチナ――」

「ならばこうしよう。流、いいかい、二択だよ？　ひとつめ。そのプラチナチケットを、オレからのプレゼントとして受け取る気はあるかい？　ふたつめ。そのプラチナチケットを、オレから定価で買い取る気はあるかい？　さあ、どっちにする？」

「――え？」

流が困惑の眼差しで、ギイを見る。

「好きな方を選んでいいよ、流」

ギイは、にっこりと笑みを返した。

託生が住んでいるアパートの部屋はさほど広くないワンルームなのだが、桜ノ宮坂音大まで歩いて通える距離にある好物件であった。それに、昼間であれば部屋で（消音器なしで）楽器の音を出してもよいことになっていた。

昼間とは厳密には何時なのか。日没までなのか、シンプルに午前六時から午後六時までなのか、そのあたりは曖昧だったが十一月も下旬となると日没時間がやけに早いので（なにせ年間でかなり日没が早い時期である）、まだ六時前でも既に外はどっぷりと暗い。雰囲気的に昼間とは呼びにくいのだが、幸い周囲の家からクレームは出ていないので六時まではと自主的に決めて、バイオリンの練習をさせてもらう。

せっかくの、限られた貴重な実技の練習時間。にもかかわらず、託生はやや注意力散漫であった。

電話が気になる。

楽譜を置いた譜面台の隅に（もちろん、うっかり落ちたりしない場所へ）携帯電話を横向きに立て掛けて（縦より横の方がより安定性が高いと判断した）着信がないかと、ついちらちらと見てしまう。なぜわざわざ（ややリスキーながらも）譜面台に置いているのかというと、楽譜を目で追っている視界の端で同時に捉えることができるからだ。

帰宅後の練習は短い時間の中で行うので、いつもは練習の妨げにならないようケータイの着信音を消していた。なんなら、通学用のバッグに入れっぱなしだったりもした。だがここ数日は、わざわざそれなりの音量で鳴るように設定して、常に目に入る位置に置いていたのだ。

着信を逃さないために。

なにせバイオリンは、耳のすぐ脇で大音量で鳴る楽器なのである。着信の音だけでは聞き逃してしまうかもしれない。ちゃんと、この目で見ていないと。

毎日はさすがにしつこいだろうと、日を置いて幾度となくケータイに電話をしても、常に留守番電話状態の赤池《あかいけ》章三《しょうぞう》。

常に留守電といえば定番は居留守なのだが、最初の電話で、

『葉山です。赤池くん、突然で、急で、申し訳ないんですけども、クリスマスイブにギイのために歓迎会を開くことになりました。赤池くんの都合はどうですか？』

というメッセージを残しているので、さすがに居留守を使われてはいないだろう。

もしかしたら同級生の中で最も忙しい大学生活を送っているのかもしれない章三は、実家からの通学組なのだが、いや、だから、なのか？　実家では上げ膳据え膳の恩恵を受ける学生が圧倒的に多いけれど章三の場合は逆である。父親と息子のふたり暮らしで、その父親が、たいそう手がかかると評判なのだ。

学業と自分の身の回りのことだけでなく、父親の面倒（？）も見て、しかも家事までこなしているのか？　も、しれない。

　ありえる。

　真相は不明だが、そんなこんなで、託生は未だに最も取りたい人と連絡が取れていないのだった。

　六時になりかけるタイミングで、ついに章三から折り返しの電話が入った。メールではなく、ちゃんと電話がかかってきた。

「きた！」

　託生は、素早い動きながらも丁寧にベッドの上へバイオリンと弓を置くと、ソッコー、電話に出る。「もしもし？」

「おう、もしもし？」

　懐かしい声。

　夏休みの留学を終え、日本に帰国してから、託生は高校時代に〝ギイの相棒〟であった章三にだけは、ギイに会えたことを電話で報告した。なので電話で話をするのはせいぜい三ヵ月振りなのだが、卒業してからかれこれ二年が経つけれど、卒業後のこれが、二度めの会話であった。

　夏に話したとき、おおよそ一年振りに聞いた章三の声は、高校時代と変わっていないような、大人びたような、正直に言って、よくわからなかった。そもそも託生は高校在学中の三年間を含めて、それまで一度も章三と電話で話したことがなかったのである。

章三はギイの相棒で、ギイの側の友人で、ギイがいなければ託生とは友人として付き合うこともなかったグループに属する同級生であった。

間に〝ギイ〟という存在を挟んでの友人関係は、ギイを失い、高校も卒業したならば、ふたりが同級生で友人であることに変わりはなくとも、わざわざ交流するほどの必要性はなくなっていたのである。

在校中はどさくさに紛れて友人であり続けることができるが、卒業すると〝意思〟を問われる。機会と時間を作ってまでも、その人に会うなり、話すなり、交流を重ねていきたいのかと。それは託生だけに限ったことではなく、では章三が託生に対してどうなのか、という、お互い様の話でもある。

お互いの〝本当の距離感〟が浮き彫りにされるのだ。

もちろん、託生が章三に会いたくないという意味ではない。

「何度も電話もらってるのに、折り返しが遅くなって悪かったな、葉山」

こんなことでもなければ（これからも）託生が章三に電話をかけることは、おそらく、ない。かかってくることも、おそらく、ない。

夏の電話で、託生は正直に、ギイが日本へくることに、皆に会うことに、二の足を踏んでいることも伝えた。ギイが、相棒として特別な存在のはずの章三に会いたくないと思っているわけではないのだが、特別だったからこそ章三に対して合わせる顔がないと、ギイが強く思っているのもまた事実で。

それをそのまま伝えると、章三はひどく複雑そうなリアクションをしたのだった。

「久しぶりだね赤池くん」

「だな。葉山、今年の祠堂の文化祭、行ったんだって？」

「うん、え？　なんで知ってるんだい？」

「今年の文化祭は僕は都合がつかなくて行けなかったが、行ってた奴から、葉山を見かけたと小耳に挟んだんだよ」

小耳に？

「あれ？　じゃあもしかして今回のこと、誰かから、なにか聞いてる？」

留守電に長々とメッセージは残せないので要点のみにしたのだが、章三の（託生よりははるかに広い）交友関係のどこかから、噂が届いていたのだろうか。

「ああ、うっすらと聞いてるよ。ギイのサプライズパーティーをするんだろ？」

正解だ。歓迎会、その趣旨はサプライズパーティーである。

「そうなんだ。詳細をぼくから赤池くんに知らせたくて」

「かな？　と予想はしてたんだが、本当にすまない。年末に向けてなんだかやけに忙しくなっててな」

——うっすらと。そう、なかなか連絡が取れないことで、うっすらと託生が危惧していたのは時差で落ち込む章三についてだった。

同級生が亡くなったとき、そしてギイを失ったとき、章三は皆から少し遅れてずずんと落ち込んでいた。章三によれば、幼い頃に母親を亡くしたときもそうだったそうだ。

電話の向こうでひどく複雑そうにした章三。

ギイにとっての相棒とはそんなによそよそしい関係だったのか？　だが葉山とは会ったのに？　葉山より自分の方が付き合いは長いのに？　そもそも合わせる顔がないって、なんだそれ？　迷惑かけたり、かけられたり、そんなの普通だろ？　たとえ裏切られたと感じても心のどこかで信じているのが相棒ってもんじゃないのか？　赤池章三を見くびっているのか、崎義一？

言外に漂っていた未消化なそれらの複雑な気持ちがどうにかまとまるまで、託生からの電話には出てくれないのかもしれないと、うっすらと、思っていた。——忙しいのが事実だとしても。

「折り返しが遅くなったことは、もう、ぜんぜんかまわないよ。忙しいのかなって、予想してたし。あ、でも、元気そうだね。体調崩してるとかでなくて、良かった」

「おかげさまで。葉山も元気そうじゃないか」

「うん、おかげさまで。——って、なんか、変な感じだ」

つい託生が笑うと、

「だよな。電話で葉山と〝お決まりの挨拶〟を交わすとか、高校生の頃にはとても考えられなかったなあ。特に一年生の頃の問題児の葉山」

章三も笑う。

「だよね」

問題児とからかわれても仕方がない。問題を起こしたかったわけではないが、一年生の頃の託生は、まわりがちっとも見えてなかった。少し大袈裟かもしれないが、生きるだけでいっぱいいっぱいだったのだ。

託生はサプライズパーティーの詳細を章三に伝え、

「急だし、師走《しわす》の上にクリスマスイブだし、悪条件だらけで申し訳ないんだけど、赤池くん、来られそう？」

と改めて訊く。

「そりゃ行くさ。万障繰り合わせてってやつだよ」

章三がまた笑う。

「ありがとう。相棒の赤池くんがいないと始まらないし」

「元、な。——その相棒にすら、なんにも告げずに消えた男だからな、ギイは。薄情ったらないよな」

……薄情。

さきほどの〝問題児〟と同じトーンのからかい口調に、託生は、前回の電話との雰囲気の違いを感じた。

だから、

「まだ根に持ってる？」

　と、訊いてみる。

　前回はとても訊けなかった。痛々しくて、できなかった。

「持ってるさ。しかも未だに連絡がないんだぞ、当然だろ？　会って、顔を見て、直接文句を言わなけりゃ気が済まない」

「……ですよね」

　夏を境に今はもう、取ろうと思えば誰とでも自由に連絡は取れるはずなのに、まるで、自らを罰するように、もしくは禊《みそぎ》のように、誰にも連絡を入れずにいるギイ。

　章三は声をやや潜めて、

「なあ葉山、再会って、どんなだった？」

　と、訊いた。――前回は、訊けなかった。章三はギイの話題を掘り下げなかった。託生からの説明ですら、うまく受け止められなかったのだ。

「どんな……？　再会について、だよね。えー、と、話すと長くなるんだけど……」

　なにをどう話したものか。練習に明け暮れた自分のストイックな音大生活からか？　そこを外して再会は訪れなかったわけだが、さすがに説明がくどいだろうか？

「悪い。わかった。なら、この電話ではやめておく。パーティーの席でじっくり聞かせてもらうとするよ」

「うん。じゃあ、パーティーで」

頷きながら気がついた、
託生が章三と〝約束する〟というのも珍しかった。困ったときの赤池章三とばかりに、頼み事をしたのは数知れずだが。

「そういえば葉山、あれ、あれ、どうなってるんだ？」

「あれ？　って？」

「もうギイに渡したのか？」

「ギイに？　なにを？」

「三洲《みす》からなにか渡されたとか言ってただろ、文化祭のときに」

「あ！　あああ、そう！　よく覚えてたね赤池くん！　そうでした」

高三の文化祭、高校生活最後なだけでなくオリジナルの企画を立ち上げて、それはもう楽しみに楽しみにしていた文化祭に、病欠で（やむを得ない事情による仮病だが）参加できず、寮の部屋で安静（のふり）にしていなければならなかったギイへ、仮病を疑いつつも見舞いの品をと生徒会長の（託生のその年の寮の同室者でもある）三洲新《あらた》から預かっていたのでした。

あの、三洲から、ギイへ。

てっきり疎《うと》まれていると思われていた三洲から、ギイへ。

犬猿の仲、ではなくギイが一方的に三洲から煙たがられていたのだが、それだけに絶対に喜ぶだろうなギイ、と、渡すのを託生こそ楽しみにしていたけれど、その後のあれやそれやそんなこんなで今思い出したということは、申し訳なくも、留学時にもすっかり失念していたということで、——覚えていたならニューヨークで渡したのに。

預かった品、どこへしまったっけかな。

実家ではないはず。

チャンスが訪れたらすぐにギイに渡せるようにと、引っ越しのときにもこっちに持ってきているはず。アパートの、この部屋のどこかにあるはず。

電話を終えたら、急いで探そう。

そうだ！　せっかくだし、なんなら渡し損ねたのを逆手に取って、三洲から渡してもらうのはどうだろうか。——三洲がサプライズパーティーに来てくれたならばの話だが。

今のところ、きっぱり不参加を表明されてしまっているけれども。

「けっこうな人数が集まりそうだが、葉山、場所は用意できたのか？　ファミレスの一角でってわけにはいかないだろ？　しかもクリスマスイブの夜だとすると、レストランにしろなんにしろ、今から予約するのはかなり難しいんじゃないか？」

「それがね、おかげさまで見つかったんだ。というか、野沢くんに見つけてもらったんだけど。ギイってやっぱり人気者だよね、野沢くんによると、とある先輩が二つ返事でギイのためなら一肌脱ぐぞって、つてを使ってお洒落な一軒家のイタリア料理のレストランをまるっと貸し切りにしてくれたんだよ」

「すごいな。クリスマスイブの夜に、——すごいな」

託生は、レストランの住所と会費の金額、パーティーの開始時間を伝えてから、

「経費とか諸々を野沢くんに任せてしまっているから、ぼくは詳しいことはわからないんだけど、でもクリスマスイブだけど割増はなくて、普段はやっていないけど大皿の立食形式にして、人数に幅を持たせてくれるんだって」

「当日の飛び入りにも対応するのか？」

「うん。急に決めたし、当日までそんなに日にちもないし、正確な人数はぎりぎりまで掴めそうになかったから当日に会場で徴収する会費制にしたんだけれど、もし料理が不足するようならそこは柔軟に対応すると、レストランのオーナーが言ってくれて」

「……ありがたい話だな」

「うん、本当に。野沢くんを始め、間に入って話をまとめてくれた人たちのおかげだし、でも結局は、ギイの人徳なのかなあ」

皆がギイに会いたがってる。皆が積極的に協力してくれる。

「ギイが僕たちに薄情なのは措いといて、人気も人徳もあるだろうが、抜け方だよ。あれはさすがに気の毒だった。あの去り方がギイの本意でないことも、皆知ってる。皆、ギイの身の上に同情してるから、復活となれば喜んで協力もするさ」

「うん。——会えるの嬉しいよね」

「もう一生会えないかもしれんと思ってたよ、僕は」

章三が言い切る。

そうでした。

「赤池くんは、ずーっと落ち込んでたよね」

突然いなくなったギイのことを、託生たちよりやや遅れて、ぽっかりとあいた大きくて深い穴を埋める術《すべ》が見つけきれずに、それこそ卒業するまで落ち込んでいた。

「僕も大概引きずるが、葉山はけろっとし過ぎなんじゃないか？　ヤツの恋人だってのにひとことの挨拶もなく消息不明になられて、よくもまあ、あんなに前向きに、受験頑張りまーす！　ってなったもんだ」

嫌みのような、棘《とげ》のある言い方のようではあるが、

「へへへ」

託生は照れて笑ってしまった。

今までの付き合いでわかっていた、今のは章三流の誉め言葉だと。

「だって、絶対に会うって、決めたから」

誰かにギイと会わせてもらいたい、ではなく、自分で、誰がなんと言おうとも、どんな妨害を受けようとも、自分からギイに会いに行く、と決めたから。

結果を、未来を、なんとしても自分で引き寄せようと決意したら、不思議なことに見えてきたのは乗り越えられそうにない高い壁ではなくて、その壁の上に広がる青空だった。

託生の目には、明るい希望しか映らなかった。

「よく連れ戻してくれた。ありがとうな、葉山」

章三のセリフに、

「え。——や、やだなあ、赤池くん」

託生は更に照れる。

「葉山の執念のおかげだ。執念というか、情熱？　……信念、かな？　ま、いいや。本当の、本当に、ギイのことを愛してたんだな、葉山」

「や、……やだなあ、そういうこと、友達から言われるのは照れ臭いよ」

事実だとしても。

「葉山も知ってのとおり、僕は、ギイと葉山の関係を、付き合うことを、本心から賛成していたわけじゃないよ」

「うん」

知ってた。

「反対こそしなかったが、——たぶん、ぜんぜん、わかってなかったんだな」

「反対どころか、ぼくは、赤池くんにたびたび助けてもらっていたよ？」

「それは葉山があまりにお粗末だから見るに見かねてだよ。——ではなく。ギイの本気も葉山の本気も、僕はちゃんとわかってなかったんだ。甘く見ていた」

「そんなことはないと、思うけどな」

なにせ赤池章三はギイが認めた、ただひとりの相棒である。それだけで、凡庸ではない証のようなものだ。

「こういうのは勝ち負けで測るものではないと思うが、今回ばかりは僕の負けだな。葉山のようには強く信じられなかったよ。葉山だから、ギイを取り戻せたのかもな」

自分だけではない、誰もやろうとしなかった。

ギイを失ったことを嘆いたり悲しんだりしたけれど、なんならギイは不甲斐ないなどと恨み言まで吐いたりしたけれども、誰ひとり葉山託生のようにギイを取り戻す行動に出た者はいなかった。

相棒なのにな。——ぜんぜん負けてる。

「僕は認めざるを得ないよ。葉山こそ、誰よりもギイに相応《ふさわ》しい。それこそ、世界中の誰よりも、ギイに相応しいかもしれないな」

「……赤池くん」

託生はきゅっと言葉に詰まる。

誰よりもギイに相応しい。そんなふうに章三に認めてもらえる日がこようとは。

「ギイのことは葉山に任せたからな、サプライズパーティーに、ヤツをしっかり連れてこいよ」

「うん！」

「騙《だま》して連れてくるのもいいが、もしバレたら、ギイは相当後ろめたいはずだから、不義理をした僕たちに会うとなったら怖じけづくかもしれないからな、敵前逃亡なんぞかましたりされないよう、くれぐれも頼んだぞ、葉山」

敵前逃亡などと託生にでもわかる冗談だが、あながち冗談とも聞こえない。それくらいハードルは高い。ギイもそう感じているし、ギイがそう感じているだろうことを章三たちもわかっている。

「いざとなったら首に縄をくくり付けてでも、連れていくよ」

「お、いいな、それ。葉山の尻に敷かれるギイはしょっちゅう見ていたが、首に縄か。いいねえ、それ」

弾けるように笑った章三は、ふと、「話は変わるが、葉山はまだ十九なんだよな？　成人前だよな？」

と訊く。

「うん、誕生日は二月だから」

「ということは、葉山も乾杯のシャンパンは飲めないんだ」

「も？　あ！　そうか、赤池くんも早生まれだったね」

それも、ウソのようなホントの話の四月一日生まれ。なんと学年で一番年下である。辣腕《らつわん》風紀委員長として威厳とともに鋭く皆を取り締まっている章三が同級生の中で最も年下であるというギャップが、エイプリルフールネタとしても秀逸だと、よく取り沙汰されていた。

早生まれの子どもは損だ。託生が小学校低学年の頃は、クラスの皆ができているのに自分だけはできないという状況になりがちだった。残念ながら月齢という言葉をまだ知らなかったので、自分は出来の悪い人間なのだと、事あるごとにじわりじわりと刷り込まれていたようにも思う。

だが、章三はおそらく違うのだ。

究極の早生まれなのに、多数を占める遅生まれの同級生にひけを取らないどころか、すこぶる優秀な子どもだったのであろう。

「赤池くんに指摘してもらって良かったあ。忘れずに、ソフトドリンクのリクエストもしておかないとだ」

「少数派だもんなあ、早生まれ」

「年末だとすると、まんま早生まれだけ未成年だよね」

数十名の集まりでおそらく託生と章三と、あとひとりふたりしかいない。「まだ二十歳以下がいるから飲み物はアルコールなしで、なんて、さすがに言えないよね。せっかくのパーティーだもん、みんな飲みたいだろうし」

「なあ？　だがな葉山、内緒でちょびっと飲むのはなしだぞ」

「わかってます」

これが祠堂の中でなら（多少のお目こぼし的な意味で）許される、かも、だが、いや、許されないかもだけれども、レストランでそれをやったら迷惑がかかる。確か店に罰則が適用されるはずである。

……ああ、この感じ、懐かしいなあ。

「風紀委員長っぽいなあ、赤池くん」

高校生の頃に戻ったみたいだ。

口うるさいと周囲から煙たがられようとも一貫して、きっちり、役目を果たしていた。さすがの風紀委員長だった。

「いやいや、そこまでではないよ。僕もそうとう丸くなった」

「赤池くんが？　想像できない」

「あとは、そうだな、なにか僕に協力できることはあるか？　誰かに声を掛けるとか？」

「んー。ひとまず大丈夫だと思うけど」

「二次会は？　どうなってる？」

「え。二次会？　必要？」

「はあ？　必要だろう？　パーティーだけじゃぜんぜん話し足りないだろ」

「……あー……、そうか」

「やろうか、幹事？」

「でも赤池くん、忙しいよね」

用件はギイのこととわかっていても今日まで電話できずにいたのに。

「いや、やるよ。――僕にやらせてくれないか、葉山」

章三は声を改めると、「このままではギイの相棒の名折れだよ」

と、続けた。

ギイを失ったショックからいち早く立ち直り、ギイを取り戻すべく行動に移した恋人の葉山託生には負けるが、相棒として、負けたままではいられない。

「わかった」

託生は頷く。「そしたら、二次会の幹事は赤池くんに任せるよ」

「ああ。任された」

章三の声がこれまで聞いたどのときよりも晴れやかになる。「具体的な算段がついたらまた電話するよ」

「うん、よろしくお願いします」

「じゃな、葉山」

「じゃあ、また」

通話を切る。

託生はしばらく、ケータイを眺めていた。

『こういうのは勝ち負けで測るものではないと思うが、今回ばかりは僕の負けだな。葉山のようには強く信じられなかったよ。葉山だから、ギイを取り戻せたのかもな』

『僕は認めざるを得ないよ。葉山こそ、誰よりもギイに相応しい。それこそ、世界中の誰よりも、ギイに相応しいかもしれないな』

章三の言葉を心の内で反芻《はんすう》する。

……嬉しいなあ。

ギイに相応しいと、ギイが認める相棒に、認めてもらえた。

「……ありがとう、赤池くん」


「たーくみ！」

鮮やかな笑顔と、両腕を大きく広げたハグの体勢。

世にも美しい男が微笑むと、それだけで周囲の人々の視線がばっとそこに釘付けになるが、注目を集めまくっていることには気づかぬふりで（気にしているときりがないので）託生は素直にギイのハグを受ける。

長い両腕でぎゅうっと胸に抱きしめて、ひとしきり託生の温もりと匂いと感触とを堪能してから、ギイは、

「ありがとうな、空港まで迎えにきてくれて」

ようやく離した。もちろん、素早くくちびるにキスしてから。

そこでどっかん赤面しては託生の負け（？）だ。なにもなかったように、託生も穏やかな笑みを作り、

「お帰り、ギイ。あ。ようこそ？　いらっしゃい、かな？　あれ？　どれだろう？」

「どれでもいいよ、歓迎されたのは伝わってる」

ギイはまた笑って、「日本に着いて最初に託生の顔が見られるとか、最高のクリスマスプレゼントだ。ありがとうな」

嬉しそうに託生の肩を抱き、そのまま空港の出口へと歩き始める。

「あれ？　ギイ、荷物は？」

「ないよ。コートは着てるし、他にはない」

国際空港の出迎えロビー、海外から到着したというのに相変わらずギイは薄手の軽装なだけでなく身軽であった。――慣れているので驚きはしないが、手ぶらで異国へ行くことなど、おそらく託生は一生ないであろう。

電話一本で迎えのリムジンくらい呼べるギイだが、これは託生とのデートなのでそんな野暮なことはしない。ふたりで電車の切符を買い（託生はチャージ式のＩＣカードを持っていたがギイは持っていないので、券売機で二人分の切符を買った）、電車に乗る前にふたりでテイクアウトのコーヒーを買う。

お揃いで動く、ひとつひとつが全部楽しい。

賑やかなクリスマスデコレーションで浮かれたような都会の駅へ、空港からのＪＲ成田エクスプレスが到着し、切符を買い足して私鉄へ乗り継ぐ。

とある駅に着くと、託生はギイの腕を引いて電車を降りた。

「ん？　ここで降りるのか？　託生のアパートに行くんじゃないのか？」

不思議そうに訊くギイを、

「いいから、こっち」

託生はぐいぐいと引っ張ってゆく。

住宅街にある普通の民家、そのひとつのドアを開け、

「ギイ、ぼくからのクリスマスプレゼントはこれだよ」

玄関の奥へとギイを押し込む。

そこは、住宅を改装したイタリアンレストランだった。奥で待つのは、ギイを出迎えるたくさんのあたたかな眼差し。

「——え」

ギイは茫然と立ち止まり、託生を振り返る。「……託生？　これ？」

「お帰り、ギイ！」

「てんめー、ざけんなよ、二年以上も音沙汰なしってどういうことだ！」

「久しぶりだな、元気だったか！」

あちこちから伸びた腕がギイを引き入れ、もみくちゃにする。

「ちょ、ストッ、待った、おい」

「誰が待つか、ばーか。もっとくすぐったれ！」

「やめっ！　おい、やめろって！」

もみくちゃになりながら、ギイが皆と笑い転げている。託生にはそれが、嬉しそうな泣き笑いに映った。

「――葉山くん、成功かな？」

こっそりと訊く政貴へ、

「うん。大成功」

託生は心の底から頷いた。


ベリーメリークリスマス、ギイ。

これが、ぼくが、ギイに贈りたかったプレゼントだよ。

◇◆◇　2　◇◆◇

「兼満《かねみつ》、忘れ物はない？」

「ん、大丈夫」

「お母さん、事務カウンターで支払いの手続きをするから先に行ってるけど、兼満は急がなくていいからね。ゆっくりきてよ。もし私がまだ終わってなかったら、ちゃんとロビーのソファに座って待っててね」

言いながら、タオルや着替えや小物などの荷物でぱんぱんに膨らんだずしっとしたボス

トンバッグをすっと持ち上げた母の千夏子《ちかこ》へ、

「あ、俺の荷物――」

真行寺《しんぎょうじ》は手を伸ばそうとする。

既に両手に重そうな仕事用のバッグを持っていた千夏子は、だが、

「これくらいお母さんどうってことないから。子育て主婦は、両手にスーパーの袋、しかも子どもまで抱っこなんてのが日常茶飯事だったんだから、長年の鍛えられ方が違うんだから、気にしないの。それより兼満は松葉杖、忘れないようにしなさいよ」

　松葉杖がないと短い歩行すら困難な真行寺をぴしっとからかう。

　その明るい調子に真行寺は救われる思いだった。――迷惑かけてばかりの息子でごめんね、お母さん。せっかく大学に進ませてもらったのに、何週間も休学することになっただけでなく入院治療費まで。大学の学生保険には入学時から入っているが給付されるには審査だなんだとハードルがあり、審査に通ったとしても実際にお金が振り込まれるのは病院の領収書が全部出揃ってからなのだ。母の扶養家族として社会保険の適用で減額されているとはいえ、まとまった金額をまずは自腹で払わなくてはならない。息子のケガの心配だけでなく、経済的な負担まで増やしてしまった。

　ごめんね、お母さん。

『そもそもね、運動にケガはつきものでしょ？　兼満がケガするのなんて、今に始まったことじゃないし』

ケガをして大学から救急車で病院に運ばれそのまま手術となったとき、顔面蒼白で駆けつけた千夏子は、病室で麻酔から覚めて母の顔を見た途端に「ケガしてごめんね」とひたすら謝る真行寺へ、落ち込む息子を励まさんと素早く明るく復活し、気にし過ぎよ兼満、そもそもね——、と、明るく吹き飛ばしてくれた。

だが、ちいさな頃にしていたケガは幸いにして入院を伴うような重傷だったことは一度もなかったのだ。これまで骨折などの大きなケガをしたことがなかったからケガに対して甘く見ていたというわけでも、決してない。自分は大ケガはしないと高を括っていたつもりもない。舐めていたなら自業自得だが、予防をし、細心の注意を払っていたとしても、事故は突然に起きる。事故とは、そういうものなのだ。

足首の骨折。——しかも利き足である右の。

軸足ではないが、咄嗟《とっさ》に動くときに機動力を求められる足だ。

そして、竹刀《しない》で打ち込むときに踏み出す方の足。機動力だけでなく、真行寺の体重を一気に受け止めて、ダンと突き出される方の足である。

病室を出て、数日前から松葉杖を使ったリハビリを始めていたおかげでそんなに時間もかからずに移動できた、近代的な総合病院のロビー。二階まで吹き抜けで天井が高く広々とした、ガラス張りで明るくて、なにより清潔なロビーの中央に、天井まで届きそうな大きなクリスマスツリーが飾られていた。

聴くつもりで聴かなければ聞こえないほど微かに流れているＢＧＭは、オルゴール風にアレンジされたクリスマスソングだ。保護者に連れられたちいさな子どもたちは、ツリーの根元に飾られている華やかにラッピングされた大小さまざまな箱に興味津々で、どんなに素晴らしい物（おもちゃ）が入っているのかとめちゃくちゃ心惹かれている様子だが、残念ながら中身は空である。これまたリハビリを兼ねて（？）病院スタッフのラッピング作業を手伝ったので、確かである。

　子どもたちの視線がラッピングされた箱に釘付けなのも仕方あるまい。なにせ今夜はクリスマスイブなのだ。多くの子どもたちにとっては、サンタからであれ誰からであれ、プレゼントをもらえる日なのだから。

『先生《ぼく》からのクリスマスプレゼントは「一時退院」ということで』

と笑った外科の担当医師は、自宅でクリスマスや年末年始を迎えられるようわざわざ配慮したよと言わんばかりであったのだが、

『退院は年明けのはずだったわよね？　困ったわー、そのつもりで仕事のスケジュール組んじゃってたし、なんの準備もしてないのよ』

　電話の向こうで（真行寺と同じく、寝耳に水の）千夏子は狼狽《ろうばい》しまくっていた。

　そうと告げられたのがつい昨日。

『ひとりでも退院できるよ、大丈夫だよ』

『なあに、それ。未成年の被扶養者のくせにナマイキな。支払いはどうするの？　そんなお金は持たせてないし、まさか、隠れて持ってないわよね？』

『持ってないよ。支払いは年明けに病院に戻ったときでって、頼んでみる』

『じゃなくて、違うでしょ。自立心旺盛なのは母ひとり子ひとりだとものすごくありがたいし助かるけど、この場合は違うでしょ、兼満？』

母ひとり、子ひとり。

厳密には真行寺に父親はいる。健在だし、交流もある。長年にわたって夫婦関係がこじれにこじれまくっての離婚だったので、千夏子は元夫に頼るのをよしとしなかった。もちろんケガの件は伝えてある。入院についてもだ。父は元妻と極力顔を合わせないようタイミングを計って何度か見舞いに訪れた。

真行寺の所持金に関して、まさか、隠れて持ってないわよね？　とは、父親からこっそり渡されてたりしないわよね？　という意味である。

母ひとり。子ひとり。

『……ごめん。お母さん、迎えに来てくれる？』

『行くに決まってるでしょ！　ただし、だから、家の中はひどいからね』

『うん。平気。――ありがとう』

そして千夏子は本日、どうにか仕事をやり繰りして抜け出して、一時退院の手続きのために病院へ来てくれていた。

いくら千夏子が勤める会社の社会保険があるから結果的に自己負担は低く抑えられるとはいえ、すっかり想定外の出費をさせてしまったし、千夏子が言うようにスポーツにケガはつきものでも、さすがに一ヵ月の長期入院になるとは。

もちろんその間、大学は休学である。

そしてもうひとつ、真行寺には受け止めきれていない現実があった。

どんなにちゃんと治療をしてもケガをする前とまったく同じようにはならないと、治療計画の説明の折に医師から伝えられていた。普通に生活する分にはおそらく支障はないだろうが、選手クラスの運動となると、元のようにはいかないだろうと。

大学一年の途中でケガをしたことはむしろ不幸中の幸いなのだろうか。一年生は一般教養科目を履修するのがメインなので、専門的なカリキュラムはまだ始まっていなかった。今ならばコースを変えられる。足にそこまで負担のかからない別の種目を選択するとか、教職もしくは指導者養成コースとか、いっそ（かなりの難関だが）救急医療のコースも選べる。

もちろんこのまま剣道を続けるのもありだ。だが、ロスは大きい。ケガをする前の自分のコンディションに戻すだけでどれほどの時間がかかるのか、今の真行寺には想像すらできない。リハビリを始めているとはいえそれは松葉杖を使う前提で、右足にはまだギプスがされている。順調に治っていれば年明けにギプスは外されるかもしれないが、落ちてしまった筋力を取り戻すことに加え、ギプスで固定され、すっかり凝《こ》り固まっている関節を自由に動かせるようになるまでの痛みは、相当なものだろう。今もじくじくと常に痛みは続いているが、こんなものとは比較にならない激しく辛い痛みとの闘いだ。回復までのさまざまな道程を他者のケースとしてこれまでたくさん見聞きしていたが、まさか、自分が実行する立場になろうとは。

なのに、リハビリに於ける壮絶な痛みと毎日毎日闘っても、元に戻れる保証はない。

元に戻れないのに、その苛酷さに、果たして自分は耐えられるのだろうか。

乗り越えられる自信がなかった。——なにより、元に戻れないことが、まだ、信じられないでいた。

限りなく絶望に近い心持ちで、真行寺は床を見詰めたまま、松葉杖から滑り落ちるようにロビーのソファへトスンと座った。座ったと同時に、無意識に溜め息がこぼれた。

と、ほぼ同時にソファが沈む。すぐ隣へ誰かが座ったのだ。空いているソファはたくさんあったので、にもかかわらずの自分との距離の近さに、母が支払いを済ませてやってきたのかと顔を上げると、そこに、三洲新がいた。

「——え？」

真行寺は数度、ぱちぱちとまばたきをする。

相変わらず、無駄に睫《まつげ》が長いな、真行寺。

「その様子だと退院が早まったのか、真行寺？」

入院用のパジャマでなく、ラフだが外出着の真行寺。

服の上に、剣道ではさほど登場の場面はないのだが、大学のネームの入った丈の長いベンチコートを羽織っていた。

「早まったというか、一時退院って、急に言われて……」

あれ？　どうしてここにアラタさんが？

「どこも年末は入院患者を減らしたがるからなあ」

「そういうもんなんすか？」

「かもしれないし、要は経過は良好ってことなんだろ？　良かったな、真行寺」

「はあ、ありがとうございますっていうか、なんでアラタさん、ここに？」

「見舞いだけど」

「え？　誰か知り合いがここに入院してるんすか？　大学の友だちとか？」

「真行寺のだよ」

「俺？　え。俺っすか？」

「また来てやるって言っただろ？」

入院したばかりの頃に一度見舞いに来てくれた三洲は、医大生はマジで勉強がハードだそうで、

『いつになるかはわからないけどな』

と、笑って続けた。三洲のことなので、真行寺的には、次はほぼないと解釈した。

「また来てくれるって、社交辞令かと思ってました」

正直に打ち明けると三洲が笑う。はははと愉快そうに。

「いつもながら良い心掛けだな。俺と付き合うなら、それくらいがちょうど良いものな」

真行寺の期待値の低さ。おかげで三洲は真行寺と安心して付き合える。

なにせ真行寺は拗《す》ねないのだ。そんなことを言わずにもっと頻繁に見舞いに来てくれとしつこく食い下がったりもしないのだ。

それどころか、嬉しそうに、

『マジすか？　じゃあ、楽しみに待ってます』

と、笑うのだ。

期待はしない。けれど、楽しみにしていてくれる。その、絶妙なバランスが三洲にはとても心地好い。

「今日から大学が冬休みなんだよ」

三洲が言う。

「あ。——それで、っすか？」

ということは、休みに入って、初日に、ここへ？

あああ。いけない。こんなに露骨に喜んでは絶対に意地悪く弄《いじ》られるのに、わかっているのに、頬が緩んで仕方ない。

「病室に行こうとしたらロビーにお前を見つけたんだよ。退院するならするって、連絡くらいよこせよな。すれ違うところだったろ」

「すんません。あんまり急に決まって、母さんに知らせるくらいしか思いつかなくて」

「もしかして、昨日の今日か？」

「そうっす。――なんでわかったんすか？」

「それもまた年末あるあるだからな。おばさん、支払いに行ってるのか？」

「はい。あ、せっかく見舞いに来てもらったんすけどアラタさん、なんで、俺、これから家に帰るんすよ」

「ひとりでか？　その足で？」

「や、家までは母さんとタクシーで」

「おばさん、仕事を休みにしたのか？」

「違うっす。休めないっすよ。いつも年末年始は忙しいっすから」

「じゃあ仕事を抜けて来てくれたのか」

「そうなんす……」

　みるみる真行寺は申し訳ない表情になる。

「なら、家に帰るだけなら、俺がおばさんの代わりに付き添ってやるよ」

「え？　や、いいっすよアラタさん、そんな」

　申し訳ないっす。と、続けようとした真行寺の先を、

「どうせ今日は真行寺の見舞い以外に予定は入れてないし、せっかく久しぶりに恋人に会えたのに、ロビーで挨拶だけってのは味気ないよな」

と遮る。

　真行寺はソファに座っていながらも、腰から砕け落ちそうだった。――コイビトって、

コイビトって、アラタさん！

　ここで言う？

　確かに自分たちは恋人同士だけれどもっ！　ああもうアラタさんは天然のタラシだ。もうもうもう。

「そ、そうっすね」

　真行寺は真っ赤になりながらも、ちいさく頷く。

　思い返せばかれこれ四年前、中学三年生の冬、毎日毎晩夫婦ゲンカが繰り広げられていた実家から離れたい一心で受験に挑んだ全寮制男子校の私立祠堂学院高等学校、その試験会場で、うっかり一目惚れしてしまったのが在校生の三洲新だった。

　その日のうちに勘の良い三洲にもろばれし、さくっと（遠回しに）ふられ（てんで相手にされなかった）、おまけに、いざ祠堂に入学してみると、如何に三洲新が〝高嶺の花〟なのかを思い知ることになったのだが、だからといって諦めきれず、入学してからも事あるごとに告白した。

　その後、紆余曲折《うよきょくせつ》を経て晴れて恋人同士になり、そんなこんなで〝肉体関係はあれど片思い歴〟を含め四年も付き合っていて今更タラサレル自分も自分だが、罪深い男である、三洲新。

　はっ。しかもこれはもしかして、思わぬ自宅デートが転がり込んできたというおいしい展開……？　どきどき。

大学へは自宅から通っていたので、数週間の入院による息子不在の実家が今どのようなことに（千夏子の口調だとかなりの惨状の気配）なっているのかが、けっこうな不安要素なのだが、さておき。

「とはいえ真行寺、いくら今日がクリスマスイブでもプレゼントは用意してないぞ。せいぜい見舞いのフルーツだけだ」

三洲が、向こう側に置いていたフルーツショップの紙袋を見せる。

「ぜんぜんいいっす。てか、俺も、なんも用意してないっす」

クリスマスどころか、年末年始も入院中の予定だったのだ。

もちろん、ケガなんかせず普通にクリスマスを迎えていたら、もちろん！　三洲と過ごしたい〝理想のクリスマスイブ〟はあった。プレゼントだって贈りたかったし、妄想だけなら、いくらでも脳内で繰り広げられていた。

現状、どの妄想も叶わぬ夢だが、

「……アラタさんが付き添ってくれたら、それだけで、嬉しいっす」

三洲とロマンティックなシチュエーションに浸れたことなど、悲しいかな、ほぼほぼないので、真行寺にとっては、クリスマスイブに三洲といられるだけで奇跡のような出来事だった。

イブにデートとか、どんなに望んでも一度も叶ったことがないのだ。って、あれ？　これってもしかして、ケガの功名とかいうヤツか……？

おおお！

「あら？　新くん？」

ロビーを小走りに横切って千夏子が現れた。「もしかして、退院の手伝いにきてくれたの？　やだ兼満、そうならそうと、教えておいてよ」

素早くソファから立ち上がった三洲は、

「こんにちは。いえ、時間が作れたのでふと思い立って見舞いにきたんですが。今、真行寺から聞きました。今日から一時退院なんですね、おめでとうございます」

丁寧に一礼する。

「ありがとう。でもねえ、それがね、めでたいような、困っちゃったような……」

「退院、急に決まったんだそうですね」

「そうなのよ。私は今夜も仕事で遅くなりそうだし、ケガ人をひとりで家に残すのも心配だし、とはいえ仕事のスケジュールは変えられないし」

「か、母さんっ、そんなことまで心配しなくても大丈夫だよ。ひとりで留守番くらいできるって。俺、大学生だよ？　幼稚園児じゃないんだからさ」

恥ずかしさ全開で言い返す真行寺へ、

「ケガしてなければ私だってこんなに心配しないわよ。だって兼満、そんなんじゃ、お風呂にだってまともに入れないでしょ？」

冷静な千夏子の応答。

「そうだけどさ、一日や二日、風呂に入らなくたって――」

「――入らないのか？」

三洲の突っ込みに、瞬時に真行寺は口を噤《つぐ》んだ。

やばい。

不潔なヤツとか、三洲に思われたらキツい。たとえ自分がケガ人でも、マジでいろいろと不自由でも、恋人の前ではカッコイイ男でありたい！

「ど、どうにか工夫すれば、風呂くらいひとりでも入れるよ」

「どうにかかったって、危なっかしいじゃないの。一時退院しているあいだに他のケガで再入院、しかも更に深刻。とか、嫌よ、絶対に」

「……う、うん」

千夏子の心配は尤《もっと》もで、真行寺には反論できない。

そしたら、まあいいか、不潔設定でも。カッコ悪いけど、仕方ないか……。

「見舞いのつもりでしたけど、俺、今日は特に予定がないので、おばさんの代わりに真行寺を家まで送りましょうか？　ついでに風呂にも入れときますよ」

「えっ!?」

真行寺は心底驚く。――アラタさんが俺を風呂に!?

「ありがたいけど、でもいいの？　そんな面倒なこと頼んでしまって？」

「ケガ人のケアの実地の練習ということで」

「医大生って、そういう介護的なことも勉強するの？」

「必ずするかどうかは知らないですけど、俺としては今後の参考になるので、やぶさかではないですよ」

「なら、ここは見栄を張らずに新くんにお願いするわ。ありがとう、新くん。ホンットに助かるわ。ほら、兼満も、新くんにちゃんとお礼を言いなさい」

「あ、あざーす」

ぺこりと頭を下げつつも、内心の激しい動揺を真行寺はどう収拾つけたものか、わからない。恋人に介助されつつ風呂に入る？　それって、――めっ、めちゃくちゃ恥ずかしくないか!?

千夏子は手にしていた重そうな荷物をすべて一旦ソファの上へ置くと、手首の腕時計で時刻を確認して、

「やった。今から戻ればキャンセルした仕事をひとつ、復活させられそう」

そして、「私はここから仕事へ戻るけど、移動はタクシーを使ってね」

ふたりに向かって言い、バッグから財布を取り出した。

「おばさん、タクシー代くらいなら、俺が立て替えておきますよ」

「あー、それはダメ。新くんのことだから、後からだと、タクシー代くらいなら俺が出しますよとか言って、立て替えの分のお金を受け取ってくれないかもしれないから」

千夏子の鋭い読み。と、「兼満、ぼーっとしてないで今のうちにトイレに行っておきな

さい。タクシーで家へ着く途中でトイレに行きたくなっても、その足ではコンビニにぱぱっと寄ってささっとトイレとか、無理なんだから」

引き続きの赤裸々攻撃に、いや、だが、まさに正しいご指摘に、

「――行ってきます」

真行寺は松葉杖を器用に支えにして立ち上がる。

「あ。兼満、スマホをトイレに落とさないよう、気をつけてよ」

すかさず言われ、

「じゃあ、預かってて」

真行寺はスマホをポケットから取り出すと、そのまますするっと千夏子の手へ。

大学生になったのでさすがにもう息子のスマホを母が管理などしていないが（利用料金はまだ千夏子に払ってもらっているが）それまでの習慣（？）からか、真行寺は千夏子へスマホを預けるのに抵抗がない。と、知っている三洲は、真行寺のスマホへ不用意なメールは一切送らないよう気をつけていた。

これまた、それまでの習慣の名残《なごり》なのか、息子から受け取ったスマホを自然に（まるで自分のスマホのように）ぱぱっと操作した千夏子は、

「あらまあ、随分と熱心な着信だこと」

感嘆の声を上げた。

「――熱心？」

な、着信？

「見て見て、新くん」

面白そうに千夏子が三洲へと画面を向ける。

いや、いくら恋人の（真行寺は母親にだけは打ち明けていた。自分にとって三洲新という人がどれほど大事な存在なのか、ということを）スマホを母親である千夏子から見せられても、さすがにこれはプライバシーの侵害では？　と戸惑う間もなくひょいと目の前に差し出され、着信履歴を人差し指ですっすっすっとスクロールされる。

頻繁に現れる同じ名前。

「この人ね、兼満と同じ病室に入院していて、入れ違いにすぐに退院して行ったのだけどなぜだか兼満のことをとても気に入ったらしくて、退院してからも通院の診察帰りにたびたび病室へ見舞いに立ち寄ってるんですって」

——退院してからも、たびたび？

この総合病院は、一部の使用禁止エリアを除き携帯電話の使用が許されていて、病室でも同室者の邪魔にならなければ、スマホで音楽を聴くのも、ゲームをするのも、もちろん通話も自由であった。

あまりに頻繁な着信。

表示によれば、回数は多いが、せいぜい会話はどれも一、二分程度。深い話はしていないということだろう。

「自分が経営してるのは小さな会社なんだけど、兼満が退院したら、ぜひ一度会社へ見学に来ないかと、熱心に誘われてるらしいのよ」

「……熱心に」

「いくらケガで今は休学しているとはいえ、今年大学に入ったばかりで就職活動なんてどうかと思うし、アルバイトも、そんな時間はあの子にはないし、せっかくですけどって何度も断ってたようだけど、こんなに頻繁に電話してきてたのねえ」

「それって……」

会社見学にかこつけた、ナンパ？　しかも相手は（小さくとも）会社社長なのか？　はあ？　なんだそれ？

――なんなんだ、それ。


「――アラタさん、どうかしたんすか？」

ずっと黙りこくっている三洲へ、心配そうに真行寺が訊く。

タクシーの後部座席に並んで座って、三洲は、このもやっとした感情をどう処したものか、ずっと考えていた。

気が向けば、校内のどこででも真行寺を捕まえられた高校時代と現在とでは、まるきり勝手も状況も違う。互いの実家も、通う大学も、何十キロと離れているのだ。ライフスタイルも違う。接点など、ほぼないに等しい。

　このもやもやも厄介だが、三洲には別の気掛かりもあった。真行寺がトイレに行っているあいだに、千夏子が話の流れからぼそりとこぼした本音と弱音。

　年末年始の病院の都合もあるだろうが、一時退院を医者がすすめたということは、ケガは順調に回復しているということだ。予定よりも早く、復学できるということだ。なのに息子の表情はちっとも晴れやかではないと。

『兼満が我慢強いのをいいことに、私たち、――元の夫と母親である私ね、きっと甘えてたのね。あの子に本当の気持ちを言わせなかった。どんなに辛くてもそれを吐き出させないような、そういう育て方を、結果的にしてしまったような気がするの』

　真行寺が幼い頃から、夫婦ゲンカの絶えなかった両親。真行寺の唯一の逃げ場は今は亡き祖母だった。

『我慢強いのは悪いことではないと思うの。思うけど、壊れるほど我慢してもらいたくはないのに、情けない話だけれど、私にはどうしてあげたらいいのかがわからないのよ。それでなくてもあの子、優しいでしょう？　無意識に、母親に、私だけでなく父親にもね、心配かけまいとするから。――新くんの前ではどう？』

『似たような感じです』

　高校時代、祠堂学院文化祭名物の文化部と運動部の対抗劇の出演に絡み、所属していた剣道部の先輩たちから猛烈な圧力を受け、ひたすら耐え忍んでいたときも、結局、真行寺は一度も（ある意味元凶である）三洲へ不平や愚痴をこぼさなかった。真行寺は、当時の三洲の同室者で、やけに懐いていた葉山託生にはちょこちょこと本音を打ち明けていたようなのだが、誰からであれ、三洲が愚痴なるものを耳にするのが嫌いなことに察しの良い真行寺は気づいていた。

　だから、三洲になにも愚痴らなかった当時の真行寺の行為は、真行寺にとって男としての気概なのだ。気概は尊重すべきではないか。

　だが。

　今は、真行寺に吐き出させたかった。それがどんなに聞き苦しい感情でも、吐露させたくてたまらない。

　こいつは、俺のものなのだ。

　プロ・アマ問わず、大ケガのあと苛酷なリハビリを経て復活しているスポーツ選手は少なくない。だから真行寺、そんなに深刻に受け止めなくても大丈夫だよ。などと、いくらそれがごまんと臨床例のある事実だとしても、三洲は軽々しく口にしたくはなかった。

　なぜならば〝現状〟に〝希望〟を見出せていない人に告げたところで、そんな話は励ましにも救いにもならず、却って追い詰めてしまう可能性があるからだ。

　病院のロビーのソファへ、真行寺は力無く座った。俯いて、曖昧な眼差しで、深い溜め息をこぼしたのだ。

いくら筋金入りのポジティブハートの持ち主でも気持ちの整理のついていないあんな曖昧な眼差しをしている真行寺に、迂闊な励ましなど三洲にはできない。そうではなくて、時間を掛けてゆっくりと、重く沈んでいる気持ちの整理を手伝ってあげたい。

すると真行寺のスマホが着信した。ポケットからスマホを取り出した真行寺は、画面をちらりと見てそのままポケットへ戻そうとした。

「誰からだ?」

三洲が訊くと、

「や、えっと、知り合い、です」

「出ていいよ」

「や、でも、急ぎとかじゃない、と、思うんで」

「かどうかは電話に出てみないとわからないだろ? 万が一、急用だったり大事な用だったらどうするんだ」

畳み掛けるように言われて、

「……はい」

真行寺は仕方なく電話に出る。「——もしもし、あ、はいそうです。や、大丈夫です。え? ややや、家はさすがに、すみません。一時退院なんで、快気祝いとかも、大丈夫です。お気持ちだけで、はい、ありがとうございます。それじゃあ、失礼します」

そそくさと通話を切り、真行寺はスマホに視線を落としたままちいさな溜め息を吐《つ》く。

無意識に。

が、すぐにハッとして、——溜め息を吐いたのを三洲に見られてしまったので、見られたくない人に見られてしまったので、

「へへへ。や、やっぱ、急ぎじゃなかったっす」

作り笑いで誤魔化した。

「とてもひとりにはしておけないな」

三洲は腹を決めた。「真行寺、うちに来い」

「え。——はい!?」

唐突な展開についていけずにいる真行寺を横目に、三洲はタクシーの運転手へ行き先の変更を告げると、自分のスマホから家にいる母の理子《まさこ》の了承を取り付けた。真行寺のケガの心配をしていた理子は、ふたつ返事で歓迎した。

「よし。あとは真行寺の母親の了承か」

「え？　え？　アラタさん？」

仕事の移動中のせいか千夏子は電話に出なかったので、留守電に用件のみだがメッセージを残す。

「考えてみれば、介助の人手は多いに越したことはないし。それと、たまには俺もお前の愚痴や悩みを聞いてやるよ」

「え？　え？　え、でも、俺……」

狼狽しまくる年下の恋人へ、カッコ悪い姿を大好きな人に晒したくないと常に奮闘している真行寺兼満へ、

「俺からの快気祝いだ。聞いてやる」

思い悩む正体を詳《つまび》らかにしたならば、活路を見出せるかもしれない。苦しみを胸の内側の奥深くへ押し遣るのではなくて。

「快気祝いって、違いますよ。俺、治ってないっす」

「がたがたとウルサイなあ」

三洲は、真行寺の耳へ触れそうにくちびるを寄せると、「年上の恋人を持った醍醐味をたまには味わえよ、真行寺」

囁いて、にやりと笑った。

途端に真行寺がどっかん！　と赤面する。耳たぶから首から指の先まで一瞬にして真っ赤っ赤になる。

「……や、そ、そういうの、よ、よくないっす」

自分の心臓に。

嬉しいけれども、激しく打つ動悸のせいで、アタマまでおかしくなりそうだ。

手にしていた三洲のスマホが着信する。留守電のメッセージを確認した千夏子が折り返しの電話をしてきたのかと素早く画面を見ると、――違った。

そのまま伏せて、スルーの構えを見せた三洲へ、

「アラタさん？　電話、出なくていいんすか？」

真行寺は他意なく訊く。

「いいよ」

「でも、急ぎの用かもしれないっすよ？」

さっき自分が言われたばかりの注意喚起だ。けれど意趣返しとか、そういうのではなくて、自分が近くにいるから三洲が電話に出るのを躊躇していたとしたら、……迷惑かけていたとしたら嫌だな、と、思って。

承知の三洲は真行寺の問い掛けを差し出がましいと煙たがるでもなく、ただただ気乗りしない表情のまま通話に出る。

「もしもし？　ああ、元気にしてるよ。そっちは？」

目上目下同級生などにかかわらず誰と話すときでも瞬時に好青年を装う三洲は、声だけしか聞こえない電話では特に装いが顕著なのだが、なぜか、嬉しそうでも不機嫌でもない平坦なトーンで話し始めた。

その珍しさに真行寺は意識が惹かれる。盗み聞きは良くないけれども、三洲が好青年を装わないとは。――電話の相手は誰だろう。

「それについては早々に葉山に断りを入れたんだが、聞いてないか？」

――葉山？

真行寺の顔がぱあっと輝く。

もしかして、葉山先輩の名前が出るってことは、アラタさんのリアクションがいつもとぜんぜん違うのって、もしかしてもしかして、電話の相手ってギイ先輩!?

おおおおお!?

興奮してみたものの、――いや。それはないか。と、冷静になる。

この夏に、ギイ先輩は恋人の葉山先輩とは再会したっぽいのだが、他の誰ともまったく連絡は取れてないと、確かな筋からの噂（つまり又聞きのことである）で聞いてるし。

「今？　今は――」

三洲はちらりと真行寺を見遣ってから、「ヤボ用の最中だよ」

――ヤボ用!?　って俺を送るのヤボ用っすかアラタさんっ!?

や。ま。そうか。だよな。ですよね。

「用事を済ますのにたいして時間はかからないが……。へえ、そんなに集まるんだ？」

三洲の表情が、爪の先ほど僅《わず》かだが、ほろりと緩む。

――あ。嬉しいんだな、アラタさん。集まるって、誰がだろう。

「いやいいよ、せっかくの誘いだが、――え？　いや、クリスマスイブだからってデートなんてしないよ。それを言うなら野沢こそ」

――電話の相手、野沢先輩だ！

またしても、真行寺の顔がぱあっと輝く。

そこそこ苛酷だった（しあわせでもあったが）高校時代に於いて真行寺の二大癒《いや》し系の

先輩が、葉山託生と野沢政貴であった。なにかと甘えさせてもらっちゃったし、気の置けない後輩としてかわいがってもらったのだ。

しかも野沢は真行寺の剣道部仲間で親友でもある駒澤瑛二の想い人で、羨《うらや》ましいほど仲の良い恋人同士なのだ。

ギイ先輩に関する噂（又聞き）、その確かな筋の出所というのは、何を隠そう野沢先輩であり、真行寺は駒澤経由で耳にしていたのだった。

「それに、母親からケーキを買って帰るように頼まれてるし。予約はしてないから、どこか適当なケーキ屋を探して飛び込みで――。……へえ。そうなんだ」

――ケーキ？　アラタさん、クリスマスケーキ食べるのか？

食べなさそう。

――しかもイブにケーキ屋を探して飛び込みで買うって？　アラタさんの母親がそんな無計画なことをするだろうか？

いや。しないな。

わかった。さては野沢先輩からの誘いを断るための方便に必殺『母からのおつかい』を繰り出しましたね、アラタさん。

人当たりよくにこやかにさっさと話を切り上げるのが得意な三洲が、野沢への断りに苦戦している。断るとなったら、愛想の良い雰囲気はそのままにバッサリと道を断つのに、やらずにいる。

もしかしてアラタさん、野沢先輩がお気に入りなのかな。それで、素っ気なく（表面上は飽《あ》くまで愛想良く）しないのかな。

三洲は僅かに顎《あご》を引き、タクシー後部座席のシートの背凭れに深く体重を預けると、

「……俺だって、みんなの顔は見たいさ」

ぼそりと続ける。

——会話の様子から察するに、本日、クリスマスイブになにかの集まりがあって、乗り気でないアラタさんは葉山先輩から誘われたときはさくっと断ったけれども、改めて今、野沢先輩から誘われて、野沢先輩に対しては（なぜか）さくっと断りきれずに、歯切れの悪い渋ったやり取りをしているということなのかな？

アラタさんが顔を見たいみんなといえば……。

「……あ、同窓会だ」

閃《ひらめ》いた真行寺が小声で呟くと、三洲は鋭く真行寺を睨む。——はう！　黙ってろ、ですね。すみませんっ。

「はい？　——ああ。……そうだよ。隣にいる。いや、完治ではなく、年末年始の一時的な退院で」

更に渋い声音となった三洲は、スマホを真行寺へ寄こすと、「野沢が、お前に見舞いを言いたいとさ」

「俺にっすか？」

野沢先輩と喋るのはどれくらいぶりだろうか。親友の駒澤とは入院中でもわりとマメに連絡を取っていたのだが、さすがに先輩とは（いくら在校時にかわいがられていても）懇意に、とはいかない。

「久しぶりだね真行寺」

「ご無沙汰してます、野沢先輩」

「ケガの具合はどうだい？　一報を駒澤から受けたときは青くなったけど、かなり回復できてるのかい？」

そうか！　そうだ！　思い出した。

真行寺が大学でケガをして救急車で病院へ運ばれそのまま手術となったことを、三洲は野沢から電話で知らされたのである。その野沢は、もちろん駒澤から知らされた。

母の千夏子によれば、緊急手術の最中に、三洲が両親と三人で病院へ駆けつけてくれたらしい。おかげでとても心強かったと、千夏子が後で教えてくれた。

そうか、駒澤から知らせを受けて即座に連絡を回してくれた野沢に対して、三洲は恩を感じているのかもしれない。だから、あんな、中途半端な対応になっていたのか。

「入院中に一度は見舞いに行きたかったんだけれど、駒澤に止められてね。差し入れだけで、すまなかったね」

「とんでもないっす。ごちそうさまでした」

本当は、ケガをしていることを誰にも知られたくなかった。弱っている自分の姿を、誰にも見られたくなかった。見栄っ張りと言われればまさしくそのとおりなのだが、みっともない自分を、できれば誰の目にも晒したくなかった。

その気持ちを、駒澤は誰よりも理解してくれた。だから真行寺が頼むまでもなく、野沢の見舞いを止めてくれたのだ。ケガをしたのが大学だったので、嫌でも大学の皆には知られていたし、なので大学の友人たちの見舞いは断りようがなかったのだが、わざわざ周囲に知らせたりはしなかった。

「葉山くんもとても心配していたよ。一時的な退院だとしても、退院できるということはかなり回復してるってことなんだよね？」

「あー。えっと、それなりに、っす」

「そうだ。真行寺もおいでよ」

「どこにっすか？」

「場所は三洲が知ってるはずだから。祠堂のＯＢ会のような集まりなんだけどね、うちの学年が圧倒的に多いけど、もし真行寺も来てくれるなら駒澤も気が楽になるから」

「え!?　駒澤もいるんすか!?」

「バイト上がりに来るように口説いてるんだ」

「駒澤のバイト先って、確か……」

「配送」

年末に稼げるだけ稼ぐことができる宅配のアルバイト。「どうかな真行寺、今から三洲とこっちに合流してくれないかな」

　会いたい。ちゃんと駒澤の顔を見て、諸々の礼を言いたい。——が。

「野沢先輩、でも俺、そんなこんなでジャージっす。髪の毛もボサボサだし、とても人前に出られるような状態じゃないんすけど」

「ぜんぜん気にしなくていいよ。皆には事情を説明しておくし、駒澤もたぶん同じような恰好だし。そもそも誰もドレスアップして来ないよ、寮の談話室でわちゃわちゃするようなノリだから」

「……そうなんすか？」

「あとね、真行寺にも協力してもらえると嬉しいんだけどな」

「協力？　って、なんすか？」

「実は、これ、サプライズパーティーなんだ」

「誰を驚かすんすか？　っていうか、もう驚いちゃった後っすか？」

「これからだよ。今、葉山くんが空港に迎えに行ってるんだ」

「……空港？」

　あ！　あああ！

　来た？　これ、マジで来たのか⁉

「ももももしかしてギイ先輩っすか⁉」

「おお、良い読みだね。相変わらず勘が良いなあ、真行寺」

「ええっ⁉　そっそそんな大事なサプライズパーティーに俺が交じってもいいんすか⁉」

「もちろんだよ。真行寺もギイに会いたいだろ？」

「会いたいっす！　めっちゃめちゃ会いたいっす‼」

「だったら決まりだね。三洲とふたりでこっちに来てくれよ。待ってるから。じゃあね」

明るく締めくくって通話が切れる。

うっかりテンションだだ上がったが、三洲は渋い表情のままであった。

それでも、

「行きたいのか」

と、訊いてくれる。

「い。——行きたいっす」

真行寺は（勇気を出して）正直に答えた。

「……しようがないな」

言って、これみよがしに大きな溜め息を吐いたものの三洲は、タクシーの運転手に再び行き先の変更を告げた。


「へえ、そうなんすか？　先輩、それって、どういうのなんすか？」

椅子から大きく身を乗り出し、瞳を輝かせて先輩たちの話を次々に、真剣に聞き入っている真行寺。去年の、高校三年生の受験期よりよほど真剣に進路を、自分の進むべき方向を、探っているようにも映った。

　病院のロビーでの沈んだ様子が嘘のような晴れやかな真行寺の表情に、不本意ながらもサプライズパーティーに参加して良かったのかもしれないな、と、三洲は渋々ではあるが認めつつあった。

　パーティーの趣旨である〝崎義一とのようやくの再会を皆で祝う〟に関しては、三洲は正直なところ元気そうでなによりとしか思わなかったが、一方の真行寺は、以前と変わらぬ〝ギイ先輩〟の姿に、

「やっぱ、マジカッケー……！」

　と呟きながら、感激のあまりこっそり涙ぐんだりしていた。——やれやれだ。

　祠堂学院には名前は異なるが系列の大学が都内にある。兄弟校の祠堂学園の生徒は、ほぼ全員がそのエスカレーターに乗るらしい。だが学院の生徒のほとんどはエスカレーターに乗らず、進学先はてんでんばらばらであった。

　三洲の学年もそうだったし、真行寺の学年もそうだった。

　進学先に友人も知り合いもひとりもいない確率はかなり高い。ちなみに三洲の進学先の医大には友人知人どころか先輩にも後輩にも、祠堂の卒業生はひとりもいない。

　真行寺は親友の駒澤瑛二と同じ体育大学に進学したのだが、結果的に同じ大学に入った

だけで、最初から同じ大学に進むつもりではなかった。たまたま同じ大学に進んだとはいえ、真行寺のケガの一件で、駒澤が同じ大学に進んでいたことがどんなにありがたかったかと感謝した。おかげで三洲の元にもすぐに知らせが入った。

その駒澤は今夜のバイトが時間延長となり、まだレストランに現れていなかった。駒澤はいないけれども、真行寺は（ジャージ姿に松葉杖に足にはギプスというわかりやすさもあり）先輩たちが手厚く迎えてくれたので、現状、ここではただひとりの後輩なのだが、おそらく居心地は悪くない。

自分の進むべき方向――。

医大に進学した三洲の周囲には医師を志す学生しかいない。同じく体育大学に進学したならばそこには体育に関わることを志す人しか存在しない。よって、自ずと選択肢は絞られてゆく。専門性とはそういうものだ。

もし、志すこと、そのものが不可能になったならば、いや、奇跡的に元の道に戻れるかもしれないが、真行寺の場合は、……どうだろう。

高校を卒業してまだそんなに年月は過ぎていないが、既にこの場は異種混交だ。高校時代、進学するなら剣道一択と迷いなく突き進んでいた真行寺にとって、他の道を探ることなど思いもよらなかった真行寺にとって、決して剣道を捨てるという意味ではないけれども、目の前にはありとあらゆる選択肢が存在しているのだと気づけたならば、三洲にとってもこんなにありがたいことはない。

先輩たちから、たくさんの刺激をもらうといいよ、真行寺。

真行寺が迎えた、初めての、剣道の道を諦めねばならぬ可能性の高い、絶望の翳が濃く差す岐路。

剣道ありきで未来を描いていた真行寺には、この先の道をどう進んだものか、まったくわからなくなっているのかもしれない。三洲には真行寺を〝正解〟へと導いてあげることなどできない。なぜならば、真行寺にとっての正解がなにかなど、三洲にわかろうはずがないからだ。正解は、真行寺が自分自身で見つけるしかない。三洲には、その手助けくらいしか、してあげられることはない。

すっと目の前に赤ワインのグラスが差し出された。

「忍者の血も流れてるだろ。気配を消すの巧いよな」

ギイは笑って、空になっている三洲のワイングラスに視線を落とす。

お代わりを飲みたい気分ではなかったが、断るのも大人気ないので三洲は素直に新しいグラスを受け取った。

トレイに空のグラスをピックアップしているカメリエーレにグラスを渡し、壁の花よろしく、椅子に座るでなく壁に寄りかかるようにして立ったまま遠く真行寺を見守っている三洲へ、

「前からそうだったっけか、三洲？」

並んで壁に寄りかかり、ギイが訊いた。

高林《たかばやし》泉《いずみ》や真行寺兼満のようなわかりやすい華やかさはないが（断トツに華やかなのは、誰が見ても崎義一なのだが）人を惹きつける三洲新。生徒会長をしていた頃は、とにかく目立った。皆が一目置いていたし、三洲なしにはなにも始まらない雰囲気だった。

その三洲の存在にまるで周囲が気づいていないようなこの空間。となれば、目立つのに気配を消す達人ということになる。

「なんの話だ？」

無自覚な三洲の返答に、

「いや？　元気そうだな」

ギイはするりと方向転換する。

「おかげさまで。——生きてたんだな、崎」

三洲が真面目な表情で返した。

「オレのこと、完全にいなくなったものとしていただろ、さては」

噴き出すギイに、三洲も笑う。

「音信不通で行方不明だったからな、俺たちには〝失踪〟と大差ないだろ」

三洲たちに伝えられたのは、崎義一は退学しアメリカへ帰国した。以上。終わり。先生方に食い下がったところで彼らもなにも知らなかった。——極々《ごくごく》一部の先生を除いては。

「ますますオレのポイントが下がった？」

「どうかな。葉山が、当初はとてつもなくショックを受けていたのに、気づいたら誰よりも先に立ち直り、音大受験に向けて驀進《ばくしん》を始めたからな。まるで、正しい答えを知っているかのように」

「――正しい答え？」

「迷いや躊躇は微塵《みじん》もなかった。まっすぐ矢を的に向けている感じで。ああ、葉山は崎を信じてるんだなと。約束も別れの挨拶もなかったのに、揺るぎなく」

……揺るぎなく？

あの日、ギイは誰とも別れの挨拶ができなかった。メモひとつ、伝言すらも残すことは許されなかった。それほどの父親の怒りを買ったことを、ずるずると帰国を引き延ばし、さまざまな物事がこじれた結果ケガ人まで出してしまったことを、……自分が父親との約束を反故《ほご》にし続けた報いを、ギイは噛み締めるしかなかった。

なのに、託生……。

「ただひとり明るい未来を見つめているような。そんなふうに葉山を奮い立たせているのも崎なんだなと。なにかと崎に影響されては不安定に揺らいでいるのが葉山託生だと思っていたが、どうやら俺の人を見る目は間違っていたなと。いざとなったら、誰より逞《たくま》しい葉山の姿勢に俺たちも前へと引っ張られたんだ。もしかしたら崎は葉山の本質を見抜いていて、だからこそ、失踪ならぬ強制連行にも抵抗せずに応じたのかなとね」

「へへ。まあな」

「葉山を誉めたんだよ、崎じゃない。照れるな」

「悪い、悪い」

ギイは更に照れる。

——相変わらずだな、こいつは。

葉山託生が信じていたように、崎義一も信じていたのか。ふたりの恋が本物だと。

「……真行寺、かなり悪いのか？」

さりげなくギイが訊く。

「さあ？」

詳しくは知らないよ。と続けようとしたものの、いつもの三洲ならば、ギイに対してははぐらかすの一択なのだが、「ケガの状態というよりは、想定していなかった、初めての絶望的なまでの〝自信喪失〟に、どう向き合えばいいのかわからないって感じかな」

「……そうか」

「真行寺にとって剣道の道は、己の中の〝最高〟だったはずなんだ。その〝最高〟を失ったら、残ってるのは〝二番以下〟だろ。最高のものを更に極めていくこと、それだけをひたすら見詰めてがむしゃらにやってきた真行寺には、喪失感や絶望で、俯いて立ち止まるしかないんだろうな、とね」

「で、そんな真行寺にプラスに働くかもしれないと、来たくもないパーティーに三洲は顔を出すことにしたと」

「そういうこと」

「ははは」

否定せず、あっさり認めた三洲にギイが笑う。「愛されてるなあ、真行寺」

「まあな」

「お。またしても否定せずか。驚いたな」

「いつまでも高校生じゃないし」

三洲は真行寺から視線を外さず、「ここであいつを支えられなきゃ、俺が恋人でいる意味がない」

「——ほう。…………おう」

ギイの前で、真行寺を〝恋人〟と、三洲が呼ぶ日が来ようとは。

いや、託生から、ふたりの進展に関しては（高校生活最後の文化祭で、三洲は、家族に真行寺を恋人として紹介済みであることとか）ちらりと聞いていたのだが、こうも清々《すがすが》しく明言される日が来ようとは！

「崎、連絡先は変わってないのか？」

三洲がポケットからスマホをチラリと覗かせる。

「ああ。変わってないよ。三洲があの夏のオレからの着信履歴を消去してないなら、そのまま使える」

「もしかしたら真行寺絡みで、相談することがあるかもしれない」

アメリカ人ながら、日本に於いてもとてつもなく顔の広い崎義一。直接は知らずとも、そのつてを辿《たど》っていけば、ちいさな会社の社長であろうと簡単に行き着くだろう。

真行寺に惚れ込み、頻繁に電話をかけてくる大人の正体が不明のままでは、三洲は、落ち着かない。

「オレにできることならなんでもするぜ。些細なことでも遠慮なく電話してくれ」

「ありがとう。——助かる」

目の上のタンコブとして同族嫌悪していた崎義一。だが、学校という狭い世界を離れてみれば、どうしてあんなにやることなすことが被るのか鬱陶しくてたまらない、と感じていたのが自分の勝手な思い込みだったような気さえした。

狭いなりに面白い世界だった、高校時代。

純粋な高校生ならではの勢いと、社会を知らないがゆえの根拠のない自信と、結果が出ていないからこそ未来の自分に無限の可能性と、輝きを、感じていた。

高校を卒業してそれぞれが別々の道を、子どもの時代を卒業して一端《いっぱし》になるべく進み出している今、崎義一という特異な存在の頼もしさや友人たちのありがたさの質が、変わった。深い方へと。

ちっぽけな自分の自尊心などどうでもいい。同族嫌悪もどうでもいい。このパーティーで友人たちへ真行寺を託したように、三洲は崎義一を利用する。剣道の道に戻るにしろ、新しい道を見つけるにしろ、真行寺に〝自信〟を、自分を信じる〝力〟を取り戻させてあげたいのだ。

三洲は真行寺兼満が愛しい。――俺は、お前の屈託のない笑顔が好きだよ。

「アラタさん！　野沢先輩からお土産もらっちゃいました！」

真行寺が器用に松葉杖をつきながら、嬉しそうにやってくる。松葉杖を使わない方の手には大きなケーキの箱が。

「バカ。振るなよ、真行寺」

三洲は慌てて迎えに行き、真行寺の手からケーキの箱を奪う。そして気づいた。これ、もしかして――？　電話でやり取りした、母にクリスマスケーキを買って帰るよう頼まれているという三洲の口からのでまかせを野沢が真に受けたのか？　箱のサイズと重さからしてこの中身はもしかして、ここの、イタリアンレストランメイドのホールケーキか？

「返してこい。受け取れないって」

「えー？　せっかく野沢先輩がアラタさんのお母さんへって渡してくれたのにっすか？」

「なにが、えー？　だ。ガキじゃあるまいし」

三洲は呆れる。「明らかに、払った会費をオーバーしているだろうが」

「まあまあ三洲。それ、オレからのクリスマスプレゼントってことで」

パーティーの主役が割って入ってニコリと笑う。

「っす！　ギイ先輩っ！　あざーっす！」

俄然、喜ぶ真行寺。

ったく、余計なことをしてくれる。――そういうところが気に入らないんだよ崎義一！

◇◆◇ 3 ◇◆◇

ギイの来日する（――来日。改めて、ギイは外国人なのだなあと沁みる単語だ）スケジュールと合わせたので、ギイを迎えるサプライズパーティーとせっかくのクリスマスイブが重なってしまったのだが、ありがたいことに、参加者からクレームは出なかった。

それよりも、パーティー会場であるイタリアンレストランに先着し準備に当たってくれていた野沢政貴によれば、本当にギイが会場に現れるのか、皆はしきりにその心配をしていたそうだ。ようやく会える楽しみや喜び。と同時に、期待が外されたときの落胆たるやひとりやふたりは暴れまくるかもしれなかった。

高校を卒業しておおよそ二年――。

卒業を待たず突如として消えてしまったギイに、あのときの衝撃が傷として、まだ皆の心の中に少なからず残っている。

という複雑な緊張感が漂う中へやけに神妙な面持ちでギイが現れ、表情こそは神妙でも以前と変わらぬ彼の姿を目にしただけで、それまで張り詰めていた糸が一気に弛《ゆる》み、皆、泣き笑いであった。――おそらく、ギイもだ。

皆から容赦なくもみくちゃにされていたギイ。

しあわせそうだったなあ。……良かった。

この夏までカリフォルニアのとある大学で研究に従事し、軟禁されたような生活から、一転、現在のギイは世界中を飛び回る多忙さで、そのギイが託生に会うだけのために万障繰り合わせて来日してくれたのが、ギイから託生へのクリスマスプレゼントだった。

それに見合うお返しをと、託生が皆の協力を得て開いたこのサプライズパーティーが、託生からギイへのクリスマスプレゼントである。

プレゼント選びがとにかく苦手で、下手《へた》っぴな託生にしては、かなり上出来ではなかったかと思う。

そうして、ギイとの再会を噛み締めつつもしんみりすることなく賑やかに盛り上がったパーティーがお開きとなり、次は赤池章三の仕切りにより「さあ二次会だ！」と、こぞって皆が移動するタイミングで、託生はギイたちと別行動を取ることにした。――ギイにはギイの、別のつきあいがあるしね。

どのみち今夜はギイと過ごせる。ギイがレストランからほど近い（託生の生活水準では生涯泊まることはなさそうなハイクラスの）ホテルにさくっと部屋を用意したのだ。そんなに遅くなるつもりは毛頭ないが、先にそこで休んでいてくれと言い置かれた。都内には崎家の豪邸があり、けれどそこへ帰るのではなく、託生のアパートの部屋に来るのでもなく、今夜はふたりでそこで過ごそうと。

甘いデートの誘い。

逢瀬《おうせ》が約束されている、安心感。

崎のために二次会までつきあう義理はない。と、はっきり顔に書いた三洲が、真行寺を連れて帰宅するというので（なにせ真行寺はついさっき一時的に退院したばかりの、けっこうなケガ人なのである）タクシーに乗せるところまで、託生は付き添うことにした。

ところが、真行寺ときたら未練たっぷりで、もちろん飲みメインの二次会に未成年の真行寺が参加するわけにはいかないのだが（アルコールは飲まないとしても、なにかあったら厄介なので）、ぐずぐずと帰宅するのを引き延ばそうとしていた。

そこへ、

「だったら、その辺でお茶でも飲む？」

レストランの会計を済ませた政貴が、声を掛けてきたのだった。

「飲みます！」

即答したのは真行寺。「野沢先輩っ、そこに駒澤、合流しますか？」

会えるのを楽しみにしていた親友だが、

「タイミングが合えばね。でも、どうかな。年末の配送業って、次々に仕事が湧いてくるんだね。駒澤からのメールによれば、もう少し、もう少し、って何度も延長を頼まれてるらしいよ？」

「……会えないのかあ」

「今夜を逃しても、もう冬休みだし、きっと会うチャンスはあるよ」

「そっすね。はい」

皆がレストランを出たタイミングで、忘れ物などの確認もしてから、託生たちもレストランのスタッフに見送られながら店の外へ出る。――最後に店を出たので、スタッフ総出で見送られ、少々気恥ずかしかった。

ブッフェスタイルの美味しいイタリアンをたらふく食べたばかりなので、腹ごなしも兼ね、のんびりと真冬の夜道を四人で歩く。松葉杖を使っている真行寺への配慮もあり、レストランからさほど離れていないカフェへ向かって。

その道々、

「――野沢くん、ぼくが言い出しっぺなのに、事務的なこと全部やってもらっちゃって、ごめんね。っていうか、ありがとう。っていうか、本当にギイたちと二次会に行かなくてよかったのかい?」

託生はこっそり問い掛けた。

政貴はもともと託生よりもギイと親しい。今でこそ同じ大学に通い、もしかしたら親友なのか? という距離感だが、ギイを通して親しくなった友人のひとりである。

「だって飲みに行ったんだよね? 俺は、アルコールはあんまり」

政貴が微笑む。

「あれ? アルコール、弱かったっけ?」

政貴だけでなく、来年の二月にようやく二十歳になる託生より一足先に成人を迎えている同級生たちは、打ち上げでもアルコールを飲（みまくっている）めるのだが、そうしてどんどんとアルコールに強くなっているのだが、

「そういうことにしておいて」

悪戯《いたずら》っぽく政貴が目を細めた。――なるほど、今夜は遅くなりたくないのだな。二次会を途中で抜けるのは心苦しいものな。なんたって今夜はクリスマスイブだ。ロマンティックであろうとなかろうとイベント全般にまったく興味のない政貴だが、恋人の駒澤は真逆なのだ。駒澤にとって、今夜は絶対に外したくないイベントのはずだ。

託生にでも想像に易い。頼まれて嫌とは言えないものの、バイトの時間が延びるたびに駒澤はきっと、切なくなっているのだろうな。

「もしカフェで合流できなかったら、待ち合わせは駒澤くんの部屋？」

「そう」

こくりと頷いた野沢は、嬉しそうにふふふと笑うと、「合鍵ようやくもらったよ」

「それは、おめでとうございます」

「ありがとう。一時は勝手に合鍵を作ろうかとまで追い詰められたけど、犯罪だし、必死に踏みとどまったよ」

「――うん」

いくら恋人同士の仲であれ、勝手に合鍵を作るのはまずいよね。「あ！　もしかして、

野沢くんへの誕生日プレゼントとして渡されたとか？」

「よくわかったね。当たり」

「当てておいてなんだけど、すごく〝らしい〟なあ、その発想」

　揺るぎなくロマンティストだなあ、駒澤瑛二。

「俺が焦《じ》り焦りしてたのはとっくにバレてたような気もするけど、駒澤は駒澤で、渡したいタイミングがあったんだよな。俺としては、春休みのアパートへの引っ越しのときに、もらいたかったんだけど」

「でも駒澤くんとしては、合鍵を渡すのは引っ越しのときではないと」

「まあ俺がせっかちなんだけどね。もしかしてギイも、葉山くんのアパートの鍵、もらいたがってない？」

「ううん、ねだられたことはないよ？」

「ギイのことだから、まだ訪れてもいない葉山くんのアパートの、せめて部屋の鍵だけでも持っていたい、とか言い出しそうなのに」

「言い出しそうかな？」

「俺に負けず劣らずせっかちだし、駒澤に負けず劣らずのロマンティストだよね、ギイ」

「……え。そう、かな？」

「ギイのことだから、ようやく日本へ来る気持ちになった理由のひとつが、葉山くんの部屋を訪ねることだろ？」

「それは、そうだけど」

日本へ行くことは敷居が高いが、託生が暮らしている部屋は見てみたいと何度となく言われたし、当初の予定では、日本にいる間ずっと託生の部屋に泊まる予定だった。今夜はイレギュラーだが、明日以降は予定どおり託生の部屋に連泊する。「でも、賃貸アパートの合鍵を海外まで持ち出すのは、……ダメじゃないかな」

「ああ、確かに。それは契約違反になりそうだ」

政貴は軽く笑って、「冗談はさておき、葉山くん、本当にギイを俺たちのところへ連れてきてくれて、ありがとう」

「え……。いや、改まって言われると、恐縮するんだけど」

「抵抗されなかった？」

「特には。なんか、するするって」

「葉山くんが、よもや、この規模のサプライズパーティーを開くとは、さすがのギイでも予想できなかったんだろうな」

「いやいやいや、さっきも言ったけど、言い出しっぺはぼくだけど、実行してくれたのは野沢くんだし。ぼくは、おんぶに抱っこだったし」

「でも俺はなにも特別なことはしていないよ？　同級生に連絡を取るのも、催しのために会場を押さえたり、会費を徴収したり、いつもしていることだし」

音大で音楽を学ぶだけでなく自分たちの演奏を披露する、そのためのセッティングや活動費などを遣り繰りするのも、野沢にとっては日常の活動のひとつである。「たぶん俺でなくても、――二次会を仕切っている赤池でも、矢倉《やぐら》とか吉沢《よしざわ》とか、誰にでもね、これくらいのことはできるよ」

「そうかなあ？　誰にでも、って、そんなことはないと思うけどなあ」

お世辞にも顔が広いとはいえない託生に代わり、政貴はたくさんの同級生や先輩たちと連絡を取ってくれた。それも、ギイが喜ぶであろうと思われる人々を中心に。彼ら全員がふたつ返事で参加してくれたとは託生には到底思えない。二年前のギイの行為を受け入れられず許せずに反発する気持ちや、信頼を裏切られ心に刺さった棘などを、政貴がひとりひとり宥《なだ》めてくれたからこそ、ギイを暖かく迎えてくれたあの場の雰囲気となったのだ。作り上げてくれたのは政貴だ。

おまけに、なんと、三洲まで引っ張り出してくれた。どんなに託生が誘ったところで、返答は「不参加で」の一点張りだったのに。

ケガで入院中のはずの真行寺がセットだったのはさすがに驚いたけれども、おかげで、場がいっそう賑やかに、華やかになった。

「――にしても、器用に歩くものだなあ、真行寺」

今回の最大の功労者がのんびりと感想を述べる。託生たちの前をマイペースで進む真行寺と三洲の背中を後方から見守りながら。

片方の足の膝から下をつま先までギプスでがっちりと固められ、まだまだ使い慣れない松葉杖での歩行なれど、もしこれが託生だとしたら歩き始めてすぐにへばりそうだし、笑いを誘うレベルのえっちらおっちら感が否《いな》めないであろう。

「うん、すごく安定してるね」

託生も感心する。

「さすが体育大生だ」

とはいえ、「ごめんな真行寺、歩かせちゃって」

政貴が真行寺の背中に向けて謝った。

「大丈夫っす！　あ、カフェって、あれっすか？」

立ち止まった真行寺が歩道の前方を示す。「さっきのレストランから、ホント、そんなに離れてなかったっすね！　——ほら、やっぱタクシーは要らなかったじゃないっすか、アラタさん」

真行寺の隣を（黙って気遣いながら）歩いていた三洲は、

「ケガ人のお前を慮《おもんぱか》って厚意で提案してあげたのに、なんだその言い草」

静かに返した。

「……す、すんません」

みるみる真行寺はしゅんとちいさくなる。

高校時代には、全寮制の二十四時間態勢でありながら常に満遍なく隙のない愛想の良さで周囲に対応していた三洲新。不機嫌な表情など誰にも見せたことがない。

という筋金入りポーカーフェイスの持ち主で。

全寮制の苛酷な集団生活に於いて不機嫌な顔を誰にも見せないというのは、実質不可能である。だが三洲は三年間、瓦解《がかい》させずにそのキャラクターを貫いた。唯一にして最大の例外が、対、真行寺兼満である。――厳密には、崎義一と接するときには愛想の良さはエコモードになるし、三年生のときの同室者で真行寺との関係を校内でただひとり打ち明けていた託生に対してもややエコモードだったのだが、真行寺に対してはエコモードではなく〝辛辣〟に近かったので同列にしてはいけない。三洲の真行寺への辛辣っぷりをうっかり目撃した場合は、見なかったことにしておくと平和である。

しゅんと落ち込む真行寺には気の毒なことだが、託生と政貴には微笑ましかった。このカップルは（良くも悪くも）変わらない。

不機嫌さを無表情で覆いつつ、三洲は真行寺のためにカフェのドアを開け、席に座るサポートまでさらりとこなした。――その目がまったく笑っていないのがひっかかるけれども、それもまた、見なかったことにしておくと平和である。


カフェの店員が気を利かせて手荷物を（ボストンバッグではなく、もちろんホールケーキの箱の方である）冷蔵庫にてお預かりしましょうか、と提案してくれたところ、ありがたく預けようとした葉山を遮り、ケーキはケーキでもハードタイプのチョコレートケーキなので室温でも大丈夫ですからと、横から野沢が断った。崎義一とのやりとりの後、イラっとしつつも（真行寺が縋《すが》るような眼差しで見るので）やむを得ずケーキを受け取ることにしたのはいいが、そんなこんなで、三洲は箱の中身の確認まではしていなかった。

定番のクリスマスケーキといえばブッシュ・ド・ノエルだろうか。ブッシュ・ド・ノエルはたいてい細長く、渡されたケーキの箱は正方形だが入らないわけではない。中身がなんであれ生クリームでデコレイトされたケーキだとしたら、当初の真行寺のひどい持ち方のせいでとっくに形は崩れているだろうが（それはそれでまあいいかと思っていた）そうかハードタイプのチョコレートケーキだったのか。そしてケーキを渡してくれた野沢は中身を知っていたが、立案者のはずの葉山は中身を知らなかったのか。

なるほどね。サプライズパーティーの立案者は葉山託生だが、実行したのは野沢政貴がメインか。適材適所、なるほどね。

「作曲っすか？　編曲じゃなくって、っすか？　へええ、すごいっすね野沢先輩！」

真行寺がぐっとテーブルに前のめりになる。カフェの四人掛けの席、正面に座った野沢の顔を覗き込むようにして。

二次会には参加できなかった真行寺だが、お気に入りの先輩ベストスリーのうち一位と三位のふたりが目の前にいて、たいそう楽しそうである。

「一年のときに軽い気持ちで作曲法を選択したんだ、正しい編曲の手法を身に付けたくてね。ところが、気がつけばゆるゆると作曲の沼にはまりつつあって」

野沢が笑う。

「でもそれ、絶対に作曲科の渚《なぎさ》教授の企みだよね？　主科としての門下生に、虎視眈々《こしたんたん》と野沢くんを引き入れようとしてるよね？」

訝《いぶか》しがる葉山へ、

「葉山サン、それだとまるで企みというより悪巧《わるだく》みみたいな口ぶりっすよ」

すかさずの真行寺の突っ込み。

「だってね真行寺くん、野沢くんはトロンボーンが専攻なんだよ？　作曲ではなくて、演奏がメインなんだよ？」

「野沢先輩って吹部んとき、部員の人数に合わせて編曲とかしてたっすよね？　祠堂の吹部の人数が少ないから、市販の楽譜だと楽器が足りないって」

「え？　詳しいね、真行寺くん」

「俺、詳しくはないっすよ葉山サン。俺はもちろん駒澤から聞いてたんすけど、でもそれくらいは、みんな知ってました」

「――みんな……？」

「だから野沢先輩は、吹部の部長職と、指揮と、指導と、編曲もやってて、それだけじゃなくて楽器の練習もすっげー頑張ったって、俺、聞いてますけど、……野沢先輩、トロンボーンは、もういいんすか？」

　真行寺が遠慮がちに訊く。――多忙な時間をやりくりして、あんなに熱心に練習に打ち込んでいたのに？

　中学まではトロンボーンを吹いていたけれど、祠堂の吹部の楽器バランスの関係で高校では違う楽器を担当していた。だが、どうしても再びトロンボーンを吹きたくて、学びたくて、音大の受験を決めた。――と、駒澤から聞いていた。

　三洲は彼らの会話に一切の口を挟まずにいた。

　真剣な真行寺の眼差し。懸命になにかを摑《つか》もうとしている、真摯《しんし》な眼差し。

「もちろん演奏するのは好きだし、練習は厳しいけれども、そもそもトロンボーンが好きだからね。ただ、なんて言うか……、当たり前だけど、この世にはトロンボーンが上手な人がそりゃあたくさんいてさ」

「三年の中郷《なかざと》とかっすか？」

「そう、ものすごく身近にもね！」

　弾けるように野沢が笑う。「中郷はレベルが違い過ぎて自分と比べるのが申し訳ないんだけど。だからまあ中郷のことは一旦措《お》いて、うちの音大にも上手な人はたくさんいて。その中で必死に一番を目指すのも、ありはありなんだけれどね」

「トップを目指すのは、わかります」

　真行寺は真剣な眼差しで頷く。その道をゆくのなら無謀と承知でも目指すべくはトップである。可能性のあるなしとは関係ない。ゆくからにはトップを獲りたいと望み、いつしかそれが、その道をゆく力の源になる。

「吹奏楽に限ってだけれど、高校時代から編曲するのは好きだったんだ。真似ごとで作曲もしたし。そのどちらも楽しかったけれど、必要に迫られてやむを得ず、というのが本当のところで。なのに、作曲科の教授が俺の作ったものをやたらと誉めてくれるから、調子に乗って二年になった今年も作曲を選択してね」

「だから、騙されてないかい、野沢くん？」

　葉山が更に心配そうにする。

「心配してくれてありがとう葉山くん。実力以上に評価されている、というか、ぶっちゃけおだてられているのかな、とは、もちろん俺も感じてるけど、それでも、とても具体的に、ここがこうで素晴らしい、と細かく細かく誉めてもらっているうちに、作曲するのがますます楽しくなってきちゃったんだ。専科でもない俺に教授が作曲のコツを惜しげもなく教えてくれて、そのことにも感動してるし、教授の指導が具体的だから、そのポイントを次の曲にも活かせるし、着実に積み上がっている実感がね、手応えが、楽しくて」

「……着実に積み上がっている実感、すか」

「正直、トロンボーンでは残念ながら俺はその他大勢のひとりだけれど、作曲だと、特別な手応えがあるんだよ。講義で技法を学びながら自分が書いた譜面に向き合っていると、もっとこうした方が面白くなるのかなと、なぜか次々と閃くんだ。我ながら不思議な感覚なんだよ」

「………不思議……」

「でも、それでも、トロンボーンと作曲と、どちらがよりやりたいのかと訊かれれば、まだトロンボーンを吹きたい方が勝るんだけど」

「そうなんすね……」

だが、拮抗《きっこう》しているということか。「その……、野沢先輩って、音楽の道で転機を迎えてるってことなんすか?」

遠慮がちな真行寺の問いに、野沢はふわりと笑うと、

「んー、結果的にそうなっちゃったかもしれないね」

と、明るく返した。

「でもトロンボーンをやめちゃうわけじゃ、ないんすよね」

「やめないさ。俺の専攻はトロンボーンだよ。でも、——未来のことはわからないな」

……未来のことはわからない。

「トロンボーンは好きだよ。大学に入ったときにはトロンボーンだけが自分のやりたいことだったけれどね。体験しないとわからなかったなあ。面白いよね、こんなふうに自分の意識が変わるとはね」

「……意識、そんなに、変わるっすか?」

「飽くまで想定外だったけれどね。なにかを期待して作曲法を受講したわけではなかった

から、必要最低限の技術を身につけたかっただけで、俺は教職も取ってるから、受講する科目の数が半端なくて、だから作曲法に関しては一年生の一年間だけで、二年生での講義は取るつもりじゃなかったんだよ」

野沢は柔らかな表情のまま、「それで、真行寺はどうなんだい？　まだ剣道の現役復帰を諦めてないんだろ？」

さらりと核心を突く質問をする。

一瞬、怯《ひる》んだものの、

「あ、きらめてはないんすけど……」

真行寺は曖昧に答える。

「だよね。夢を諦めるなんて、そう容易《たやす》くできることじゃないものね」

野沢が微笑んだ。

「……っす」

ちいさく頷いた真行寺は、ちいさな、今にも消え入りそうなちいさな声で、「……俺から剣道取ったら、なんも残らないなって、……思って」

ぼそりと続けた。

「――はい？」

驚いて訊き返したのは葉山である。真行寺の顔を下から覗き込み、「え？　えええ？今の、本気で言ってるのかい、真行寺くん？」

「えっ？」

葉山の勢いに真行寺こそ驚いて、「っす。マジっす」

こくこくと頷いた。

「えええ？　本気でそう思ってるのかい？　えええええ？」

「葉山くん、さすがに驚き過ぎだよ」

野沢が苦笑する。

「だって野沢くん、だって、真行寺くんだよ？　祠堂学院文化祭名物の運動部と文化部の対抗劇で三年連続で王子役に選ばれた〝祠堂の絶対的プリンス〟と呼ばれた、真行寺くんだよ？　外見が王子様なだけでなくて多才だし、取り柄だって、みんなが羨むくらいにたくさんあるじゃないか。剣道取ったらなにも残らないなんて、そんなわけないだろ」

「え？　や、で、でも、葉山サン」

「ケガをしてリハビリが大変なのはぼくにだってわかるよ。わかるけど、先行きが不安で自信喪失しちゃってるのかもしれないけど、でも真行寺くん、たとえ剣道を失おうとなにも残らないなんてことはない。ぜんぜん、ない。絶対に、ない」

「そ、そっすか？」

断言した葉山へ、
疑うというよりは、信じきれない様子で、真行寺は訊き返す。

「そうだよ。だいたいねえ、真行寺くんはかなりのハイスペックの持ち主なんだよ。そもそも三洲くんと付き合ってる時点で、そうとうにすごいのに、——あ」

葉山が慌てて口を噤む。

付き合ってる、という単語を迂闊に口にしてしまったことに、ではなく。

「俺が、常日頃から真行寺の評価を低く見積もり過ぎてると言いたいんだろ。わかってるよ、葉山」

三洲は辛辣に返す。

日頃の対応が影響し、真行寺の自己評価は低く保たれているのである。

「そ、そんなことないっす。俺、マジで、ぜんぜんたいしたことないっす。だって、このケガだって、剣道ででも、ちゃんと柔道並みに受け身が取れてたら、こんなひどいことにならなかったっすから」

「ケガは事故だ。受け身が取れてても取れてなくても、ケガするときはするんだよ」

三洲が言う。「真行寺のせいじゃない」

——真行寺のせいじゃない。

「……アラタさん」

うっかりと、真行寺が涙目になった。

剣道で竹刀を合わせるには相手がいる。真行寺は決して相手の話をしないけれども、自損によるケガでないことは明らかだった。

見舞いに訪れた大学の友人の中に、そのときに組んでいた相手はいたのだろうか。謝罪を受けたのか、運動にケガはつきものだからと詫びなくていいと真行寺が退けたのか、三洲は詳しいことは知らないが、真行寺がケガにまつわるなにもかもを自分ひとりで背負うつもりなのはわかっていた。

　背負いきれるわけがないのに。

「お前のケガは誰のせいでもないよ、真行寺」

　静かに繰り返した三洲に、真行寺は安堵したようにくしゃりと顔を歪ませた。

　宿泊した、イタリアンレストラン近くのラグジュアリーなホテルの、優雅な装飾を施された雰囲気の良いメインダイニングで、のんびりとブランチをいただきながら、

「なあ託生、日本の成人式ってどんな感じ？」

　唐突にギイが訊いた。

「……どんなって？」

　まだ出席したことがないので、わからない。

「託生んとこの自治体では成人式、一月のいつやるの？」

「……さあ？」

「さあ？　なんだよ、さあって。もう来月じゃんか」

「案内ハガキは実家に届いてるらしいけど、……興味ないし」

「興味のあるなしで出欠が決まるのか？」

「アメリカでもやるのかい、成人式って？」

「いや？　日本のような自治体が行う成人式は、ないよ。その代わり——」

「なんでいきなり成人式の話題なの？」

　ギイのセリフを（珍しく託生が）遮った。

「なんでいきなり不機嫌になるんだよ、託生」

　めげないギイは反論し、「昨日のパーティーで成人式の話題が散々出たからだよ。中学時代の誰それに会いたいとか、なにを着ていくかとか、紋付き袴《はかま》は果たしてやりすぎなのかとか」

「へええ？　ぼくの周囲では、成人式の話はまったく出てなかったなあ」

「成人式って招待状がないと入れないのかな？」

「……ギイは無理」

「ギイは無理って、オレだからって意味か？　無理なのか？　なんで？」

「目立つから」

「そんなことないぞ」

「あります。どこかの成人式にこっそり紛れ込むとしても、ギイは無理」

「む。紛れ込もうとしたこと、なぜわかった？」

「そういう口ぶりだったから。招待状がないと入れないのかな？　なんて、遠回しに訊いたところで、バレバレだよ」

「そうか。——で？」

「で？　って？」

「託生は成人式、出ないのか？」

「成人式ってさ、地元でやるだろ。ぼくは地元に良い思い出が、まったくないんだ」

「そうか。——で？」

「会いたい友だちも特にはいない。というか、ぜんぜんいない」

「そうか。……で？」

「昨日、久しぶりに祠堂の皆と会えて、ぼくとしては、そっちの方がよほど有意義で楽しい会だった。あれを成人式としておきたいくらいだ」

「ふむ。そうか」

「……まだ、古傷を抉《えぐ》られる覚悟はできてない」

「そうか。——そうか、ごめんな、託生」

ギイは、テーブルに力無く置かれたフォークを握っている託生の手の甲を優しくさすると、「ごめんな、オレが無神経だった」

　と謝った。

「……いいけど」

「許してくれる？」

「うん。――会いたい地元の友人はいないけど、従兄弟には、会いたい、かも」

「託生の従兄弟って、同い年の？　祠堂は祠堂でも、学園の方に通ってたっていう？」

「え？　話したことあったっけ？」

「一度、ちらっとな」

「……兄のこととかあって、うち、親戚付き合いもあちこち疎遠になっちゃってたから。でも従兄弟とは、それなりに仲が良かったんだ、疎遠になるまでは」

「だったら、従兄弟とは会えば？」

「それこそ唐突過ぎるよ。……ずーっと会ってもいないし、年賀状のやりとりすら、してないんだよ？」

「でも託生を心配して、一度、学院に電話してきたことあったじゃんか」

「――あ。……覚えてたんだギイ」

「覚えてるさ、オレを誰だと思ってるんだ？」

ニヤリとギイが笑う。

それだけで、託生もホッと肩の力が抜けた。

外部から学生寮にかかってきた電話は寮内放送で呼び出しがかかる。託生にかかってくる電話は稀《まれ》で、記憶力抜群の（天才の所以《ゆえん》でもある）ギイはその電話を覚えていた。ふたりが恋人同士になってから、そういえばあのときの電話は誰からだったのかと訊かれたことがあったのだ。

素っ気ない態度で少しばかり話をしてすぐに切ってしまった電話。それきり、二度とはかかってこなかった。

幼くして、親戚の鼻つまみ者であった託生。

疎遠だった従兄弟は、どれほどの勇気を出して電話してきてくれたのか。当時はそんなことすら想像できなかった。なにかにつけて自分が責められ、悪者にされて、我が身を庇《かば》うだけで精一杯の日々だった。自分以外の誰かや、相手の気持ちを慮ることなど、そんな余裕は、——そんな思い遣りは、託生にはなかった。

従兄弟から寄せられた気持ちを、きっと心配してくれていたのに、ひたすら素っ気ない対応をして、ひとつも汲《く》み取ることなく突っぱねた、そのことに、自分がなにをしでかしたのかある日ようやく気づいたけれど、従兄弟がしたようには、託生にはできなかった。心の隅で、じくじくと後悔し続けているだけだった。

未だ越えられないハードルが託生には幾つも残っている。受けた心の傷のすべてを、そう簡単に〝なかったこと〟にはできない。

足が竦む。

思考がその場で、凍りつく。

「なーんちゃって」

ギイが不意に笑った。「今回はマジで託生に助けられたなあ。敷居が高くて祠堂の皆には二度と顔向けできないと思っていたが、託生が仕掛けた不意打ちのお陰で、気づいたら敷居を跨いでいたよ」

「……会うまで、怖かった？」

ギイでも？

「最大級の罵《ののし》りを浴びせかけられることを想定していたからな、そりゃ、怖いさ」

「赤池くんに、水臭いって、文句言われなかった？」

「言われた」

またギイが笑う。「おい！〝赤池章三〟を見損ないやがって！　こっちこそ見損なったぞ〝崎義一〟！　と」

「良かったね」

託生が言うと、

「ああ、良かった」

ギイが頷く。

吐き出さなければ始まらない。またここから友情が始まる。以前よりももっと、確かな絆で。

「皆、優しかったね。——あったかかった」

「だな」

ギイが、さすっていた託生の手の甲をぎゅっと握る。「感謝してる。お世辞でなく、大袈裟でなく、人生で最高のクリスマスプレゼントだった。ありがとうな、託生」

「……うん」

良かった。「たまにはぼくもギイの役に立てて」

「たまに？　なに言ってるんだ？　託生は常にオレの元気の素なのに」

「そうなの？」

「そうだよ。――っと、悪い、この電話は出ないとだ」

ギイがジャケットの内ポケットから薄いケータイ端末を（どんなスマホよりもハイテクな）取り出した。「もしもし？　――な、番号変わってなかっただろ？　それで、相談ってなんだ？」

――相談？

相談を受けるとなれば気が重いはずなのに、楽しげなギイ。その矛盾に引っ掛かる。

――電話の相手は誰だろう？

託生がそっとこちらの様子を窺っていることを承知で、ギイは屈託なく話を続ける。

「ああ、わかった。もちろんかまわないよ。すぐに調べて折り返す」

調査の依頼？　ますます相手が気になってくる。

「じゃあな。――あ、三洲、改めて真行寺にお大事にって伝えてくれ。……え？」

ギイはちらりと託生を見て、「わかった。伝える。じゃあな」

――え!?　三洲くん!?　意外である。ものすごく、意外である。

端末の通話を切ると、

「託生、三洲がパーティーに誘ってくれてありがとうってさ。託生や政貴が真行寺と話をしてくれて、とてもありがたかったとさ」

「でも、三洲くんにそこまで感謝されるほどのことは、ぼくは多分、してないよ？　真行寺くんと主に話していたのは野沢くんだし」

「細かいことはさておいて、三洲に感謝されるなんて滅多にないことなんだから、ここは享受しておけよ、託生」

「あ……！　確かに」

託生は大きく頷いた。「そうしておく。高校のときからぼくは三洲くんの世話になりっぱなしだから、なんかよくわからないけど、よくわからないうちに役に立ててたなら、それはそれで、いいよね」

「いい、いい」

ギイも大きく頷いて、「オレもついでに、三洲からお帰りって言ってもらえたし。託生たちのおこぼれで」

と、笑う。

「三洲くんの相談って、真行寺くんのことだよね」

「もちろん。——と、概要はこれでよし、と」

ギイは手早く端末でメールを打ち、どこかへ送信した。

このパターンは託生には毎度のお馴染みである。

「また島岡さんになにかを手伝わせるの？」

「大正解。優秀だからなあ、島岡は」

「自慢げに言うけど、島岡さんは——」

「ギイのお父さんの秘書であってギイの秘書じゃないんだよ？　だろ。——耳タコです、託生くん」

「わかってるならいいけど……」

「ほら、言ってるそばからだ」

ギイはまたしても自慢げに言い、ケータイ端末の画面を託生へ見せた。返信の形で届いたメールの差出人は島岡隆二。

素早くメールへ目を通したギイは、

「……ふむふむ、なるほどな」

と、納得する。

「ねえギイ、内容について、訊いてもいい？」

「かまわないよ。真行寺を熱心に口説いていた、同じ病室の入院患者で会社経営者がいたんだとさ。三洲は、そいつの正体を知りたいらしい」

「口説いてって、え？　恋敵ってこと？」

「さあな。それも含めて、正体を知りたいんじゃないか？」

「島岡さんから返信が届いたってことは、もうどこの誰か判明したってことだよね？」

「そういうこと。――よし、三洲へ報告メールを送信っと」

「どこの誰なの？」

「都内の芸能事務所の社長」

「え。――げ、芸能事務所？」

「真行寺、色恋抜きで単にスカウトされてたんじゃないか、芸能人にならないかって」

「ええ？　あー……、や、でも、驚くようなことじゃないのかな。真行寺くん、正真正銘のイケメンだよね」

「天下一品のイケメンだな」

「……芸能人、かあ」

「こりゃ、三洲は荒れるな」

二年生のときに真行寺が文化祭の劇で看板をつとめた『竹取物語』での、三洲のわかりにくい不機嫌っぷりを、ギイはこっそり思い出す。

「三洲くん、荒れるかな？」

「荒れるさ。なんたって三洲は公衆の面前で真行寺を〝俺のもの〟呼ばわりした男だぞ」

「そうでした。――懐かしいなあ」

あのときの、居合わせた人々の困惑しきった表情。

「まあでもちょっと楽しみでもあるな。オレは真行寺は役者に向いてると思ってたから」

「そうなの!?　初耳なんですけど」

「託生も真行寺は役者向きだと思うだろ？　思うよな？」

訊かれて、託生は仕方なく、

「…………思います。思ってました」

と、素直に認めた。

◇◆◇　4　◇◆◇

今年の祠堂学院もけっこうな積雪に見舞われていた。

夏休みや春休みには（学院名物の秋休みは、一昨年の生徒会による提案及び生徒総会での決議及び教師たちからの絶大なる賛同を得て昨年から暫定的に撤廃されていた。数年間は試験的運用期間である）補習だ部活だ試合だなんだかだで生徒の出入りもそれなりにあるが、年末年始を挟んだ冬休みは生徒全員を完全に帰省させるので、年末に近づくにつれて学校は無人に近いほどの人口の少なさとなる。

現在残っているのは、帰省せずに職員寮（機能としては寮ではなく宿舎だ）で年越しを迎える、教師と事務員やらが数名くらいだ。

学食も完全に閉まっているので食事は外食か、コンビニやスーパーで買ってくるか、なのだが、簡単な自炊ならば職員寮の調理室で（というほど立派ではないが）できる。

生徒はひとりもおらず、三つの校舎と講堂や体育館その他もろもろの施設を使用する者もいない。

だが見回りはする。

一日に二回。——午前と午後に。

広大な敷地内のあちらこちらに性能の高い監視カメラが設置されているのだが、それはそれとして、見回りは、する。居残っている教職員が順番で。

滑らないよう、膝《ひざ》を上げ踵《かかと》から下へまっすぐ足を降ろしては、わしわしと雪道を進む。

除雪をする気にはならなかった。労力のわりには通るのがほんの数人なので、ばかばかしいのだ。しかも除雪した翌日にどか雪が降る、なんてことはままある。

生徒がいない期間は敷地内に電波が飛ぶ。祠堂学院は生徒によるケータイやスマホは全面使用禁止で、禁止されずとも圏外なので物理的に使用できないが、今は使えた。

「大橋《おおはし》先生、夕飯、どうします？」

体力の消耗の激しい歩き方なのに、らくらくと雪を踏みしめて進む松本《まつもと》が訊く。体育教師でありラグビー部の顧問でもある松本はまだ二十代という若さだけでなく、体力に加えて筋力も運動神経もケタ外れである。

食べるだけの相談ならば時間的にはまだだいぶ早いのだが、作るとなると話は別だ。メニューによっては買い出しも必要となろう。

「ああ、そうですねえ……」

片や生物教師で園芸部の顧問で特段運動神経に恵まれているわけではない大橋は、無理をしないのんびりとした歩調と、同じくらいのんびりとした口調で、「たまには、ピザのデリバリーでも頼みますか？」

と提案した。

「お！　いいですね、ピザ！」

松本は即座に反応する。

「職員寮には何人くらい残ってましたっけ？　人数を集めたら、いろんな種類が食べられますね」

「いいですねぇ、それ！」

松本はおおいに乗り気で、「ピザパーティーですね！」

スマホを取り出し、そそくさと宅配ピザの店をチェックする。

祠堂の敷地内で快適にスマホを使うことができる。

「……これも崎くんの置き土産ですね」

大橋はなにもない空を見上げた。

飛んでいる電波は人の目には見えない。

敷地内に張り巡らされた高性能のセキュリティも、電波を自在にオンオフできるシステムも、すべて崎義一のために設置され、現在も引き続き使用されているのだ。もちろん学校が設置したものではない。

世界的な大企業の御曹司。しかもとんでもない天才。万が一にも不測の事態に陥らないよう学校側でセキュリティを整えるのは難しく、百も承知の崎家側が、崎義一が在籍中に必要な機能を整えていった。

彼の退学を機に完全撤廃が検討されたそうなのだが、差し支えなければ引き続きの使用を、との崎家からの申し出を受け、さすがにセキュリティの機能が高すぎたのでスペックを低くして（それでも凄まじく高性能である）、現在も駆動している。もちろん定期的なメンテナンスも行われていた。企業から専門のスタッフが派遣されて。——学校側の持ち出しはない。システムが駆動しているあいだはメンテナンスがセットになっている。そのような取り決めらしい。

余談だが、セキュリティに関しては一切公表されていないにもかかわらず、そこは、蛇《じゃ》の道はヘビ、知る人ぞ知る、となっている。祠堂学院が日本全国から名のある家の御曹司が集う学校となっている今日、保護者が安心して子息を在籍させられる隠れた理由のひとつでもあった。

「崎といえば——」

松本はスマホから目を上げると、「大橋先生、今日って何日でしたっけ？」

「今日ですか？」

大橋に訊くまでもなく、松本が手にしているスマホの待ち受け画面を見れば即座にわかるのでは？　と思ったが、「今日は――」

言いかけた途端に松本のスマホが着信した。

「ぉわっと！」

画面を見ている最中というタイミングのよさに松本が驚く。

うっかり投げ出しそうになり、慌ててスマホを持ち直す。

松本の年代からしても普通はこんなに驚かないかもしれないが、祠堂の教師たちはそんなこんなで、祠堂の生徒並みにケータイもスマホも日常的に使用しないので、全体的にいろいろと不慣れであった。

平時も休日も学校の敷地内にいては教師であってもスマホは使えず（圏外なので）、休日毎に出掛けるほど暇ではなく、せっかくのスマホだが使い方を今ひとつ把握しきれていないし、なんなら滅多に電話もかかってこない。咄嗟にどうすればいいのかわからなくなるのはやむを得まい。使う頻度の高いネット検索だけはお手のものだが。

松本は、画面に表示された相手の名前と受話器のマークをしっかり確認してから、タップした。

「も、もしもし？　え？　お？　えええ？　おお。そ、そうか。わ、わかった。よし。大丈夫だ。ばっちりだ」

話しながら次第に声が、大きく、頼もしくなる。

そして通話を切ると松本は、これ以上ないほど嬉しそうに破顔した。

「ああ。もしかして、今日ですか？」

大橋が訊く。

「今日でしたー。葉山が大橋先生によろしくと」

葉山託生の名前を聞いて、大橋も嬉しそうに破顔した。


サプライズパーティーに出席したいが、どうしても学校業務から離脱できないので出席できないと、ギイの高校三年間を通しての担任であった松本先生から泣く泣く断りの連絡を受けていたことを伝えると、

「よし。なら、こっちから挨拶に行くか」

と、ギイが提案した。

サプライズパーティーが大成功で、ギイの、祠堂学院へのハードルが、やや下がったのかもしれない。

こんなこともあろうかと、託生は高校卒業の日に松本からギイにと預かっていたものをギイへ渡さずにおいた。これは、松本からギイへ、渡されるべきものだからだ。

三洲からの預かりものは章三に指摘されるまでうっかり失念していたが、こちらは忘れ

てはいなかった。というか、託生こそ、絶対にギイに渡してほしかったものなのだ。

冬休みには閉まっているはずの正門が開いている。

そして、正門の向こうには松本が。

「崎ーっ！」

にこにこと、手を振る松本へ、

「おーっ！　たんにんーっ！」

ギイもぶんぶんと手を振って、「まつもとーっ！」

と、一面深い雪景色の桜並木を正門へとダッシュする。

雪道を勢いよく走っても滑って転ばないとは、さすがである。と、託生は密かに感心する。――託生にはできない芸当だ。

在学中、クラス替えがあっても三年間ずっと担任だった「松本先生」を「まつもと」呼ばわりしていたギイ。託生はその都度、いくら親しみを感じているとはいえ、先生に対して呼び捨てはいかがなものかと意見していたのだがギイは呼び方を変えなかったし、当の先生も呼び方の訂正を求めなかった。

松本とギイのことを、外見に共通項はひとつもないし、キャラクターもまったく似たところはないのだが、血は繋がっていないけれどもまるで兄と弟のようだなと常々感じていた託生である。

似てはいないのに息が合う。

それだけでなく、特殊な身の上のギイにとっては遠慮なくぶつかっていける数少ない大人のひとりが松本であり、ギイのやりたいように自由にさせてくれたおかげで、松本との交流の中でだけは高校生らしいギイの表情が垣間見えた。ギイと島岡とはまた別の、不思議な信頼関係で結ばれているふたりなのだ。

　ふと見ると、松本から少し離れた後方に大橋の姿が。

大橋はにこにこと、託生のことを見ていた。

目にした途端に、託生の気持ちがふわりと上がる。嬉しくなって。雪道を歩くのは得意じゃないのに、速足になる。

大橋とは、今年の秋の文化祭で久しぶりに会えていた。

三年のときの担任である大橋に、音大の入試に向けて託生は大変に、大っ変にお世話になった。

長時間のバイオリンの練習が必要なのに、いくら祠堂の敷地が広大でも、どこでも自由に弾いて良いというわけではなく、そんな託生へ、他者の迷惑にならないよう、遠慮なくバイオリンの練習ができるようにと、大橋が管理をしていた（園芸部の活動場所でもある）敷地の外れにある温室を、練習場所として託生に開放してくれたのだ。いつでも自由に使用して良いと。

　無事音大に合格してからは、なんとしてでもギイに会いたい一心で、特別交換留学生の座を（無謀にも）狙い、ひたすらバイオリンの練習に明け暮れていた託生は、滅多に母校を訪れることはなかった。

そんな託生を、大橋は文化祭の期間中は部外者立ち入り禁止となる懐かしき温室へ、散歩がてら連れて行ってくれた。温室は託生にとってバイオリンの練習場所であっただけでなく、ギイとの思い出の場所でもあった。だから大橋へ、ニューヨークで無事にギイと再会できたことを報告したのだった。

大橋は、良かったね。と、誉めてくれた。頑張った甲斐があったね、と。

ダッシュの勢いのままガシッとハグし合った松本とギイ。

しばしギイを抱きしめたあと、松本は大きな手のひらでぱしぱしとギイの背中を叩き、何度も何度も頷いていた。

……良かった。

ギイを、祠堂に、連れてこられた。

ギイにとって大切な場所へ。――大切な人と、再び会えた。

大橋が託生に目配せをする。察した託生は、大橋へ、バッグの中から取り出した細い紙の筒をこっそりと渡した。無言で受け取った大橋は素早くコートの内側へ隠し、なに食わぬ顔で松本とギイの近くへと。

「そしたら崎、ぐるっと見てまわるか？　懐かしいだろ？」

松本がギイを促す。

ギイはふたつ返事で、雪で真っ白に覆われた祠堂の構内を見て歩いた。

施錠されている校舎内へは立ち入れないが、校舎を含め、それぞれの施設を外から眺めるのは問題ない。

託生たちが卒業してからまだ二年も経たないが、ギイが祠堂を去ってからは、二年と少し、経っている。

だがどちらにせよ、ほんの二年だ。

それなのに、ギイの目には、すべてがひどく懐かしく映った。——ああ、オレ、ちゃんとここを、卒業したかったなあ……。

日本への留学は許されたものの三年間の許しは出なかった。皆と一緒に卒業はできないと、端《はな》から承知で入学したのだ。

目頭が熱い。

けど、泣くのはだめだ。自分にはその資格がない。

卒業したくてでき得る限りの手を尽くした。だが、やはり、叶わなかった。

高校生活に後悔はない。どの日々も素晴らしかった。ギイにとって、祠堂での高校生活は宝物のような日々だったのだ。

後悔は、皆と一緒に卒業できなかったこと。

ただ、それだけ。

「おや？　開いてる」

把手に手を掛けた松本が、外に面した講堂の重い鉄の扉をガラリと横に引いた。「おっかしいなあ、ちゃんと施錠されてるはずなのに、誰か鍵を閉め忘れたのかなあ？」

扉の隙間から薄暗い屋内に顔を突っ込むと、中を覗きたそうにうずうずしていたギイがとうとう我慢できないとばかりに、松本の肩越しに一緒に顔を突っ込んだ。いたずらっこの兄弟のようで、託生は微笑ましくなる。

と、奥の方がいきなり明るくなった。

講堂の舞台。

「――なんで？」

ギイが茫然と呟く。

舞台には、数名の普段着姿の先生方が横一列に並んでいた。そして舞台から、明らかにギイに向けて、ひょいひょいと手招きした。

ギイは、だが、その場に固まってしまって、動けない。

ワイヤレスのマイクを手にしたひとりの先生が、

「三年B組、崎義一。壇上へどうぞ」

と、呼んだ。

「さんねん、びーぐみ……？」

ギイが震える声で繰り返す。

「ギイ、呼ばれてるよ」

託生はギイの背中を強く押す。

押された勢いでギイは講堂へ一歩を踏み入れ、その勢いを借りるように、茫然としたまま舞台へ向かう。

コートの内側に隠していた細い紙の筒を大橋が素早く松本へ渡し、松本はそれを手に、大股でギイを追い越し先に壇上へ上がった。

大橋は壇上へは向かわず、託生とともにその場に残る。

ゆっくりと、ギイが、舞台への階段を上がる。

ギイの到着を待ち、松本が細い筒をしゅっと開いて一枚の白い紙を両手で持った。

マイクを手にしていた先生が、すかさず松本の口元へとマイクを向ける。

「三年B組　崎義一
右のもの
三年間の所定の課程は修められなかったものの
許される月日のすべてで
祠堂学院生として
勉学に勤《いそ》しみ
友情を育《はぐく》み
また階段長など
本校の活動に多大なる寄与をした

よって　特別に
本校の全課程を修了したことを
ここに（勝手に）証する
三年Ｂ組　担任　松本吾郎《ごろう》」

両手で差し出された松本お手製の卒業証書を、ギイは両手で受け取って、しっかりと、受け取って、その場で深く先生方へと一礼した。

託生と大橋は拍手を送る。

他の先生方も、壇上で拍手を送る。

「……崎。卒業させてやれなくて、ごめんな」

松本が言う。

「いえ」

ギイは短く答えて、もうそれ以上しゃべれなかった。


無断での講堂の使用。

勝手をしたこと、島田《しまだ》御大《おんたい》の耳に入ったら大目玉だな。

と、笑いながら怯える先生方と談笑しながら講堂を後にして、職員寮へ向かう。今夜はピザパーティーだからふたりも食べていけ、とのことで。

その途中、懐かしい場所を通った。

「ギイ、あのあたりで、絵利子ちゃんと鷹司くんが揉めていたんだよ」

託生が指さした先を見遣って、

「文化祭のときの話か？」

ギイが訊き返す。

「そう」

この夏の交換留学で、託生は念願叶ってギイの故郷であるニューヨークへ行き、ようやく再会できたギイに（策略的に）帰国のタイミングを後ろへずらされ、——託生としてもすぐに帰国ではあまりに寂しすぎたから渡りに船でもあったのだが、延長して滞在しているあいだに、託生は鷹司流とも再会した。

祠堂にいたときの彼と、ニューヨークでの彼は、まったく印象が異なっていた。

同級生たちから陰でこっそり〝上からちゃん〟などとからかい交じりに呼ばれていた、高慢さが鼻に付く、託生には苦手なタイプと映っていたのに、本性は思慮深くて、実に物静かな男子であった。

よもや演じていたとは。しかも、あんなに見事に。

その彼が、絵利子に対して本気で怒鳴ったあの行為の重さが、今なら託生にも理解できる。たまたま目撃してしまい、あの場では咄嗟に流を諌《いさ》めたけれども、本気で、本気の、叱責だった。

　流に恋をしている、ギイ曰く引っ込み思案で内弁慶でおまけに日本には不案内な妹が、大人の目を盗んで文化祭に現れた。結果、密かに捜索隊が組まれたのだ。周囲に迷惑をかけてまで迂闊な行動を取った絵利子へ、そうまでして自分に会いにきた絵利子へ、喜ぶよりも叱責した流。真剣に、絵利子のために。

　――まるで、過去の答え合わせをしているようだ。ひとつ、ひとつ。

　やがて懐かしき学生ホールが見えてくる。

「……ホットドッグの早食い大会、せっかく主催したのに、準備大変だったのに、参加できなくて残念だったね、ギイ」

　そう、あの学生ホールの前では、情け容赦ない熾烈《しれつ》な戦いが繰り広げられたのだ。

「……だな」

　ギイも懐かしそうな眼差しで学生ホールを見た。

「あ！　また忘れるところだった！」

　託生はバッグへ手を入れると、「早食い大会を見物してたら、三洲くんに声を掛けられてね。部屋で寝込んでいるギイへって、お見舞いを預かっていたんだ」

　良かった、思い出せた。これでようやく二年前の遣いが果たせる。

　鋭い三洲に、ギイの仮病を疑われたくだりは必要ないので措いといて。生徒会長として文化祭を巡回してたら一年生のクラスでたまたまもらったので、と。つまりは右から左へ流したのだが、見舞いは見舞いだ。要は、気持ちだ。

　二年越しではあるけれど、せっかくギイに渡すのならば三洲に頼まれたこの場所で、と託生は思っていた。祠堂へ挨拶に行くとギイが決めたときに託生も決めた。それが正解のような気がしたのだ。

「え!?　見舞い!?」

　ギイが驚く。「三洲からオレに!?」

　託生が初めて目にしたレベルの、ギイの驚きっぷりなのだが、

「驚くよねー」

　託生はしみじみ頷いた。「驚いたよ、ぼくも」

　あのときは。

　でも同時にとても嬉しかったのだ。

　手のひらサイズの薄いクイズの本、自家製の。天才的頭脳を持つギイには暇つぶしにすらならないかもしれない子ども向けの本なのだが、仮病で退屈している人にはそれなりに楽しめるであろう一品。

　喜んで受け取りつつも、ギイは、

「っていうか、託生、これ、今か？」

　一転、やや不満げであった。「いくらでも渡すチャンスはあっただろ？　せめてサプラ

イズパーティーの前に渡してくれたら、パーティーの席で三洲に礼が言えただろ？」

　確かにそれはそうなのだが、

「疑われてるかもしれないけど、ぼく、忘れてたわけじゃないよ？」

「——忘れてはいない？」

　ギイが訝しむ。

　まあ、信じてもらえないのは仕方あるまい。託生に忘れっぽい自覚はあるし。でもね、

「忘れてないよ。ちゃんと思い出してたよ、赤池くんのおかげで」

「章三の？　なんだ、そうか」

　信用度抜群の章三のおかげであっさりと納得したギイは、だが、「どうしてそこに章三が出てくるんだ？」

　更に疑問を深くした。

「パーティーの準備で赤池くんと話したときに、例の物はもうギイに渡したのかって訊かれたから」

『そういえば葉山、あれ、どうなってるんだ？』『もうギイに渡したのか？』『三洲からなにか渡されたとか言ってただろ、文化祭のときに』

　さすがギイの認める相棒だ。三洲からギイへの見舞いの品を託生が受け取っていた話をしたのはただ一度きりだし、二年近くも前なのに。

「それに、お礼くらい、この先いくらでも言えるよ。——だろう？」

託生が意味深長に続けると、

「……まあな」

曖昧に、ギイが頷いた。

そう。なんと！　ギイは三洲と一緒に出掛ける約束をしていたのだ。笑ってしまうほど反《そ》りが合わないふたりなのに、いつの間にやらそういうことになっていたのだ。

実に、聞き捨てならないではないか。

よって、もちろん託生もついていく。

というか、主役は真行寺兼満であった。

視線を感じる。

通りすがりに初めて入った楽器店。そんなに大きな店ではないが、入ってみて驚いた。扱っている弦の種類の豊富さに。しかも、心なしか安い。

託生は個包装されたバイオリンの弦の袋を選ぶ指を止めないようにして、そっと視線の主を探った。――見知らぬ若い男だ。

「……もしかして」

その男が声を掛けてきた。「きみ、祠堂学院の生徒だった？」

「え？」

託生は驚いて振り返る。

長髪を後ろへひとつに縛った、垢抜けた風貌の背の高い男。間違いなくイケメンだし、この感じ、……なんだろう、前に、……既視感《デジャブ》？

「さっきから、どこかで見た顔だなと思ってたんだよ。祠堂学院の文化祭で、缶詰を運んでたよな？」

「——あ！」

思い出した。二年生のときの文化祭で、クラスの出し物の甘味処へ足りなくなった食材を運んでいる最中に、やけにぐいぐいと話しかけてきて、頼んでもいないのに荷物を運ぶのを手伝ってくれた他校の生徒がいた。

託生の知る、どのタイプのイケメンとも傾向が異なる、ロックバンドでもやっていそうな雰囲気のイケメン。ほんの数分、学校の廊下を一緒に歩いただけだ。さすがに顔までは覚えていなかったけれども、——この人、覚えていたのか。

「びっくりしたなあ。こんなところで顔見知りに会うとはね」

一度だけ話したきりの相手を顔見知りと言い、きさくに笑う男に、このきさくさもあのときのままだなと託生は思った。

「ぼくも、驚きました」

ここで会ったことも、顔を覚えられていたことも。

「俺、あのとき、自己紹介したっけ？」

「すみません、覚えてないです」

「俺もだ。——きみ、もしかして今、音大生？　それ、バイオリンの弦だろ？」

「あ、はい。……あの？」

「俺は普通の大学生。——普通ってなんだ？　ま、いいか。で、趣味でバンドをやってるんだ。エレキギターをね。で、ここには弦を買いにきた、と」

　託生へ個包装のギターの弦の入った袋を見せる。

　なんと、ロックバンドでもやっていそう、ではなく、本当にやっていたとは。

「この店、品揃え良いし、値段も良心的だろ？　予算に余裕があるならまとめ買いしておくといいよ。……レジでサービスしてくれるかもしれないし」

　楽しげに声をひそめた男へ、

「……そうなんですか？」

　つられて託生の声もちいさくなる。

「必ずサービスしてくれるわけじゃないから。運が良ければ、な」

「なるほど。わかりました」

　託生は、いつも使っているメーカーの弦の他に、前から気になっていた弦もいくつか棚から抜いてレジカウンターへ持っていく。

「お、バイオリンか。そしたらこれ、試してみ」

レジを打っていたおじさんが、「このメーカーのE線、いーせん行ってるんだよ」だじゃれを言いつつ弦の袋をひとつ、託生が買った品物のあいだへ、しゅっと入れる。

「あ……、ありがとうございます」

バイオリンの四種類ある弦の中で最も細く最も切れやすいのがE線だ。当たりか外れかはさておき、いただけるのであれば助かるし、とても嬉しい。――しかもちゃんとループエンドのE線だ。そしてE線だけは、ループエンドとボールエンドの二種類があり、自分のバイオリンに合うのはどちらかひとつで、間違えて買うと装着できない。

ぱぱっと適当に入れたかと思いきや、託生が買っていたのがループエンドと見極めての行為であった。――プロだ。

「良さそうだったら、また買いに来て」

おじさんの笑顔に（俄然、託生には眩《まぶ》しく映った）見送られながら店を出ると、そこにあの男が人待ち顔で立っていた。

「どうだった？」

にこにこと訊かれ、

「オマケしてもらっちゃいました」

託生の買い物が終わるまで待っていてくれたのか。――もしかして、アフターケア、なのかな？

なんて義理堅いのだ。文化祭のときにも感じたが、この人はやっぱりルックスから受ける奔放な印象と、やることが、かけ離れている。

「良かったじゃん。じゃな」

と、あっさり笑い、男が進んだ方向と託生が歩き出した方向が同じだった。ふたりは顔を見合わせて、ぷぷっと噴き出す。「きみ、どこまで?」

「この先のファミレスまでです。友だちが先に行ってて、ぼくは弦を買いたかったので、寄り道をして」

「へえ? 俺もファミレスの近くに用事があるんだ。道連れする?」

「はい」

この辺りは初めて足を踏み入れたエリアなので、むしろ一緒だと託生としては心強い。

文化祭のときは、いきなり声を掛けられて、きさくといえばきさくだが託生からすれば意味不明にぐいぐいこられて、とにかくびびってしまって、どうにかこの男から逃げられないものかとそればかりであったのだが。——託生も大人になったものである。

そして、ふと、思い出す。

「あの……、確か、妹さんが現役のアイドルだとか、おっしゃってませんでしたっけ?」

あまりに珍しいことを言われたので、記憶力にはとんと自信のない託生でも、さすがに覚えていた。

「おう。——あれ? 俺、そんな話、きみにした?」

「ガセネタじゃなくてホントだよ、みたいな?」

「さては俺、受け狙いできみに話したな」

「じゃあ、やっぱり、ガセネタだったんですか？」

「いやいや、ガセではないんだけどね、もうぜんぜん受けは狙えなくてさ、参ってるんだよね、実は」

「……参ってる？」

「いろいろピンチでさ、妹がね。可愛い可愛い妹のために兄として、力になってやりたいんだが、これがなかなか難しくて、自分の非力を嘆いているのさ」

「……非力を嘆く」

「ま、諦めないけどな」

男がにかっと笑う。「おっと。俺、この信号で向こうへ渡らないとだ。じゃな」

ちょうど青信号になった横断歩道を、男が軽快に走って渡る。

託生も、やがて見えてきた歩道沿いの二階にあるファミレスへ急ぎ足で向かった。


「——大手から独立したばかりの芸能界の個人事務所？」

それでなくとも胡散《うさん》臭そうにしていた三洲の表情がますます胡散臭げになる。「芸能界には詳しくないが、個人事務所というのは簡単に作れるものなのか？　大手を追い出されたのでやむを得ず個人事務所を作ったのか？」

そんなものとは関わるな！　が、基本方針なのは見え見えで、暗に、不祥事を起こしたから独立せざるを得なかったのでは？　と危惧する三洲。

詳細は不明だが、発想は悪い方へと傾きがちだ。

先にファミレスに着いていたギイと三洲は、車道に面した窓際の席で向かい合って座っていた。窓からは、通りの向こうに、かの個人事務所の入ったビルが見える。

黒川《くろかわ》プロモーション。

所属タレントはたったひとり。元アイドルの『莉央《りお》』。芸名に名字はなし。

社長の黒川も莉央も、以前は同じ大手芸能プロダクションにマネージャーとアイドルとして所属をし、活動していたが、先達《せんだつ》てふたり揃って退所して、莉央だけのために黒川某《なにがし》が個人事務所を立ち上げたのだそうだ。

独立を機に莉央は脱アイドルを宣言し、歌って踊れる本格的なアーティストを目指している、らしい。

「そんな事務所にスカウトされたところで、真行寺は、歌えないし、踊れない。しかもアイドルを目指すには年齢が行き過ぎている」

今年、高校生になったばかりの莉央が脱アイドルを宣言しているのだ。今年、大学一年生の真行寺がアイドルを目指すとか、論外である。「狙いは、なんだ？」

三洲のあからさまな不信感。

漂う空気のピリつきに、託生は遠慮がちにギイの隣に座る。

託生の前へすっとメニューを滑らせたギイは、

「オレと三洲はオーダーは済ませてるから、託生も、なにか食べたければ食べていいし、飲み物だけでもかまわないぞ」

と言った。

「ここで昼ごはん、済ませちゃう？」

託生が訊くと、

「それは真行寺の動き次第だなあ」

にやりと笑って、ギイは事務所のビルを横目で見遣る。今頃真行寺は事務所の案内をされながら、黒川社長とどんな話をしているのだろうか。

食べることに興味の薄い三洲は飲み物だけで、珍しいことにブラックホールの異名ならぬ〝胃名〟を持つ大食漢のギイの前にも、料理の皿はなかった。ふたりに合わせ、託生も飲み物だけオーダーしてドリンクバーからホットコーヒーを取ってくると、

「でも真行寺くんは芸能界にはまったく関心がないんだよね？　一度、事務所を見学においでと何度も誘われてたのに、ずーっと断り続けてたんだよね？」

会話に加わる。

「――そうだが？」

同族嫌悪のギイに対してかなりあからさまに素っ気ない態度を取る三洲だが、託生へは

比較的手加減してくれるのに、今回ばかりは不機嫌さを隠さない。

低く訊き返され、迫力負けした託生が二の句を継げずにいると、

「ただ、――真行寺に目をつけたのが、気になるんだよ」

三洲が譲歩してくれた。

「お。こいつ、見る目あるじゃん。的な？」

ギイが茶々を入れると、

「気に障るんだよ」

即刻、言い直した三洲に、

「悪い」

ギイも即刻、謝った。――今の三洲に冗談は禁物のようだ。

三洲は大きく溜め息を吐くと、

「真行寺のどこを見込んだのか。――入院中のあいつは、ぼろぼろだったからな。お世辞にも、良い男ではなかった」

この世で一番大好きだった祖母が亡くなった中学生のときでさえ、どうにか空元気を振り撒けていた（らしい）のに。周囲に心配をかけることが最も自分のストレスになる真行寺が、演じるのが得意な真行寺が、表情も顔色も暗く落ち込んでいた。

絶望的な足のケガ。苛酷なリハビリを続けても、以前のように動ける保証はない。その現実が、真行寺を打ちのめしていた。より強く、より上へと、剣道で高みを目指していた

真行寺は、高みどころか以前の状態にさえ戻れないかもしれないのだ。

　人生で初めて訪れた、救いの見出せない挫折に、真行寺は苦しんでいた。今も苦しんでいる。その真行寺の、どこを、芸能事務所の社長が見込んだというのだ？　弱っている人間に付け込もうとしているだけではあるまいか。

「サプライズパーティーのときは少し持ち直していたよね、真行寺くん」

　託生の印象では、あの夜の真行寺はいつもの真行寺だった。

「……まあな」

　三洲は渋々認める。

　パーティーに連れて行くからには多少の下心はあったのだが、期待以上だった。それまで話したことのない先輩からも真行寺は悲喜こもごもの話を聞けた。彼らの話を一言一句逃さぬよう真剣に耳を傾ける真行寺に、もしかしたら、普段は話さないようなことまで聞かせてくれたのかもしれない。

　自他共に認める打たれ強い真行寺。だが今回の敵は今までとは比較にならない。真行寺は今、将来への夢や希望が一瞬にして吹き飛んだ絶望の景色を、初めて目の当たりにしているのだ。

「でも、ぼろぼろでも、真行寺くんは真行寺くんだからなあ」

　託生が言う。「真行寺くんには、なにか、こう、内側から滲み出る光、みたいなものがあるよね」

イケメンのオーラ、とかではなく、芯の強い、明るすぎない明るさが、なんとなく周囲をほっこりとさせるし、惹きつける。

それは三洲もギイも認めるところだった。真行寺には、なにかある。

「ああそうだ、忘れないうちに、三洲、これ、見舞いの品、ありがとうな」

ギイが上着のポケットから手のひらサイズの薄い本を、ちらりと三洲へ覗かせると、

「なんのことだ？」

三洲は僅かに眉を寄せ、「そんなことより崎、俺は決めた。乗り込むぞ」

と、ソファ席から立ち上がる。

大丈夫ですひとりで行けます、との真行寺の意向を尊重したものの、なかなか事務所から戻ってこない真行寺にとうとう業《ごう》を煮やした三洲へ、

「仰《おお》せのとおりに」

三洲の指示に従うと決めていたギイと託生も、席を立つ。

黒川プロモーション、いったいどんな事務所だろう。そして社長の黒川は、いったい、どんな男だろう——。

あかい瞳がつなぐもの

秋の物語

Graduation

Shinobu Gotoh

雪深い、北端の地。

『……僕には、生まれてくる場所も、結局、未来さえ、選べなかったんだね』

腕の中で愛《いと》しい子どもが呟いた。

どうしてだろう、どうしてこんな人生が訪れてしまったんだろう。

こんなに皮肉な巡り合わせなのに、誰も責めることができないなんて。誰をも、許さざるを得ないなんて。

『ねえタケル、どうして――』

僅《わず》かな風の音にさえ掻き消されそうな、ちいさな問い。

けれどきみはそう訊きながら、尋ねたことを悔いるかのように、深い悲しみを湛《たた》えた瞳をゆっくりと閉じていった。最期《さいご》の問いの続きすら身の内側に呑み込んで、それを限りにすべてを〝終わり〟にしてしまった。

一面の真っ白な世界に横たわる、無垢《むく》な亡骸《なきがら》。――闇深いこの家の秘密を知ってなお、きみの魂は無垢なままなのだね。

優しい雪が淡々と降り積もり、ひっそりと、きみを覆い隠してゆく。

波瀬《なみのせ》山の雪解けは、まだまだ遠い。

「大丈夫だから、ゆっくりおやすみ」

もう誰も、きみを悲しませたりしないから。


「せっかく遠路を訪ねていただきましたが、ここにはもう、いないんですよ」

穏やかに男が答えた。

前回に訪れたのは半年ほど前だったか。そんなに月日は過ぎていないのに、男の頭にかなり白いものが増えたな、と、感じて。

白髪については（獄中のマリー・アントワネットのエピソードに代表されるような）諸説あるが、島岡隆二が人生の先輩たちから聞いていたのは、中年期の半ばを過ぎた頃から人生に心配事がなくなると一気に白髪が増える、というもので。

もしその説を採用するのならば、ようやく肩の荷が降りたのかと。いや、そんなふうに解釈するのは、さすがに穿《うが》ち過ぎだろうか。

「では、どちらに？」

島岡が訊くと、男は雲ひとつない澄んだ青空の、広い大地よりも更に広い、遮るもののなにもない果てしない空間の、ずうっと、ずうっと遥か向こうへと視線を巡らせ——。

やがて、にっこりと笑って見せた。


明るく小洒落たメロディが、上品な爽《さわ》やかさに包まれた店内へＢＧＭとしてだけでなくゲストに対する歓迎の音楽としても流れていた。それも録音されたものではない。奏《かな》でているのは、階段一段ほどの高さのコンパクトな円形ステージに置かれた純白のグランドピアノの前に座る、プロのピアニストである。

なんという贅沢《ぜいたく》。

耳触りの良いスイートなメロディは、そのまま、この空間を表していた。あちらこちらで甘く香ばしいスコーンの匂いがたちこめている。

ひとつのブランドで構成されているのに〝デパート〟と呼ばれている、ずっしりとした威厳がありながらも華やかな石造りの建物。ここは最上階のフロア。年季物の、のんびりとしたエレベーターの扉が、これまたのんびりと開くと、威圧感のないシンプルな（横に長い演説台のような）レセプションで、妙齢の女性が滑らかなキングズイングリッシュでにこやかに出迎えと受け付けをしてくれる。

そこへ、場違いな雰囲気に臆したのか、おっかなびっくりで腰が引けた日本人の小柄な少女と、同じくらいの年齢であろうが、彼女よりもぐっと大人っぽい印象のヒスパニック系のすらりとした少女が（片やこちらは堂々と）レセプションでなにやら告げた。

予約名簿で確認ののち、日本人の少女だけが案内されて、レセプションの奥に広がるティーサロンへ入っていく。その後ろ姿をにこりともせずしばらくじいっと見送ってから、ヒスパニック系の少女はアテンド終了とばかりにくるりと踵《きびす》を返し、きびきびとエレベーターの扉へ向かった。

ロンドン、ピカデリーサーカスにあるアフタヌーンティーで有名なこのティーサロンには、圧倒的に女性客が多かった。時間帯にもよるのだろうが、ぐっとカジュアルな階下のパーラーならばその限りではないのだが、物価の高いロンドンにあってさえ高額な（そのぶん間違いのない）アフタヌーンティーを堪能したいと望むのは、やはり男性より女性に多いのだろう。

本日に於いては黒一点。サロンに男性客はひとりきり。

男性というだけで周囲の女性たちの目を引くのだが、彼の場合、男性だらけであったとしても目を引くのだ。それも、熱く。

まるで有名人（それもイケメンアイドル）に遭遇したかのようにチラチラと、頬を上気させて女性客たちが視線を送る先に、少女が待ち合わせの約束をした人が、――正確には行列必至なので予約が必須の憧れのティーサロンでの豪華なアフタヌーンティーに招待してくれた、世界レベルのとんでもない美男子が、印象的なターコイズブルーのティーカップを手に奥の席で優雅に寛《くつろ》いでいた。
目が合うと、彼はカップをソーサーへ戻し、組んでいた長い脚をすっと戻して椅子から立ち上がり、

「久しぶりだね、香織《かおり》ちゃん。元気だったかい？」

スマートに対面の椅子を引き、香織をエスコートしてくれた。

あまりに自然にそうされて、――ああ。やっぱり、ギイに備わっているそれは日本人の作法とは違うんだなあ。と、香織はひっそりと納得する。

日本にいたならばきっと今でも気づくことはなかったであろう、その違い。

過去に日本で何回か会っていたときに、ギイにこんなふうにエスコートされたことはない。一見マイペースで自由気ままなようでいて、実際には大変に気遣いの人である彼は、郷に入っては郷に従えに倣《なら》い、日本ではかなり日本人ぽく（？）振る舞っていた。レディファーストの文化は日本では定番ではないし、西洋風のエスコートはきっと日本では（さすがのギイでも）キザに過ぎるのだ。

であればこそ、本来はウエイターがするべき仕事を客が横取り（？）したにもかかわらず、場は和やかなままだった。日本で、このレベルのレストランで、もし男性客がウエイターを差し置いて女性客の椅子を引いたりしたならば、もしかしたら、密かにウエイターの機嫌を損ねてしまうかもしれない。――試したことがないので想像の範囲だけれど、機嫌を損ねないまでも、他の客から好奇の目で見られてしまうかもしれない。繰り返すが、

西洋風のエスコートは、日本ではキザに過ぎるのだ。やり過ぎ感が否めない。

レディファーストだけでなく、公共の場で、ドアの開け方ひとつとっても日本とイギリスでは作法が違う。トイレのノックさえも。言葉がまだよくわからないだけでなく、暗黙のルール、社会の（法律ではない）決まりごとのようなものも、香織にはまだまだよくわからず、戸惑うばかりだった。

緊張だらけの、気の休まることのない日々。

それでも後悔はしていない。

イギリス留学を選んだことは。

案内をしてくれたウエイターは終始にこやかに様子を見守り、香織が椅子に腰を下ろしテーブルに置かれた厚手のナプキンを膝に掛け終えたタイミングで、ドリンクメニューを置いて立ち去った。

知らず、ほうと息が漏れる。

「あれ？　そんなに緊張してたのかい？」

すかさずギイが訊く、微笑みながら。

香織もすかさず頷いて、

「毎日緊張の連続なの」

正直に答えた。そして、「あああ日本語だし、ちゃんと通じるし、嬉しいなあ」

再び大きく息を吐く。

「日本語で話せるの、そんなに嬉しい？」

「もちろんよ」

香織は椅子に座ったまま、きゅっと居住まいを正すと、「崎さん。わざわざロンドンにまで、香織に会いに来てくれてありがとう。こんなにホッとしたの、めちゃくちゃ久しぶりよ」

「ギイでかまわないよ、香織ちゃん」

柔らかく訂正して、「それにしても、こうまで歓迎されるとは。——もっと早く会いに来れば良かったね」

「うん！」

香織は無邪気に大きく頷いて、だが、ハッとしたように俯くと、「……ううん」

そっと否定した。

ようやく（少しだけだが）こちらの生活に馴染んできた今ですら、見知った顔に会えただけで、〝日本語〟で気安く話せただけで、こんなに安堵してしまうのだ。もっと以前、心細くてたまらなかった時期にギイに会ったりしたならば、その場で日本に帰りたいと泣き出してしまったかもしれない。——イギリスにいたくないわけではなく、ただただ心細いばかりに。

それは〝よくない選択〟だと香織にもわかっていた。けれど、理性より感情が勝っているタイミングでは、〝正しさ〟にはさほどの効力がない。

今だから、ただ「会えて嬉しい」で、とどまっていられる。

イギリスで東洋人は、（田舎ではそれなりに視線を集めてしまうけれども）大都会のロンドンでは関心を引くようなことは滅多にないのに、周囲の興味が、それとなく自分たちに向けられているのを感じた。

日本語で交わされている自分たちの会話がエキゾチックで物珍しいのかもしれないし、いかにも親しげなふたりの様子だが、仲の良い兄妹（日仏クォーターのギイと、日本人の香織とでは、香織がどんなに目鼻立ちがはっきりしていると言われがちでも、まったく似ていないが）に見えているのかもしれないし、若い（こちらの人たちから見たら、いっそ幼い？）カップルに見えているのかもしれないし、なんであれ、関心を集めている原因は目の前のこの人であろう。

周囲の女性客は密かにギイにときめいているに違いない。けれど香織にとってギイは、今は亡き、——亡くなっていたとわかってしまった、大好きで大好きでたまらなかった兄の優志《ゆうじ》の〝親友〟で、出会ったときからずっと変わらず、香織のことを本当の妹のように可愛がってくれている人、である。

トキメキよりも安堵が勝る。

まるで、もうひとりの兄が海を渡ってはるばる会いに来てくれたみたいだ。

「もしかして、特別室の方が良かったかもしれないな」

ふと、ギイが呟く。「香織ちゃん、ここが落ち着かないようなら、別の部屋を用意してもらおうか？　予約のときに特別室をすすめられていたんだよ」

「落ち着かない……？　——あ」

理由はさておき、周囲に気も漫《そぞ》ろでいたことがギイに察せられてしまった。「そ、そんなことないよ？」

否定したものの、「……特別室？」

が、気になる。

この空間ですら、香織には充分に特別なのだが。

「ここはがらりと雰囲気の異なる空間だよ。壁からテーブルから、重厚なマホガニー材の調度ばかりの部屋でね。黄金のゴブラン織の椅子がぐるっとテーブルを取り囲んでいて、家具だけでも一見の価値はあるし、そこならば貸し切りにできるんだけど、照明も含めてたいそう趣《おもむき》のある部屋だから、少し重暗いんだよな」

重暗い？　それは嫌だな。

「なら香織、こっちが良い！」

どんなに素晴らしい特別室であろうと、せっかくの休日の昼間に、せっかく、今日は、ロンドンにしては珍しいくらいの晴天なのに、わざわざ重暗い空間でアフタヌーンティーをいただかなくても、ぜんぜん良い！

「ははは、やっぱり？」

ギイが笑う。「かな？　とね。特別室をすすめられたけれど、香織ちゃんにはこっちのティーサロンの方が好みに合うかなと思ってね、断ったんだよ」

「正解だわ。ありがとう、ギイ」

読みの正しさと、香織の〝ギイ〟呼びに、満足げにゆっくり頷いたギイは、

「さて。アフタヌーンティーのコースはオレが決めてオーダーしてしまったけれど、茶葉の種類は、香織ちゃんに決めてもらわないとね」

ウエイターがテーブルに置いたドリンクメニューを開き、見やすいように香織に向けて滑らせた。

「茶葉の種類？　アッサムとかダージリンとか？」

「この店というか、ここのブランドは、伝統的にアールグレイが有名だけれど、シングルエステートティーも外せないよ」

「シングル……？　それ、なあに？」

「アールグレイは一種のフレーバーティーだし、ノンフレーバーだとしても、紅茶はたいてい同系の茶葉をブレンドして品質の調整をしているんだ。シングルエステートティーというのはね、ここのブランドが契約しているいくつかの農園のうち、一種につき、ひとつの農園の茶葉のみを使用したノンブレンドティーなんだ。誤魔化しが利かない、ハイクオリティのね。つまり、世界でここでしか飲めない逸品の紅茶ということだよ」

「すっごーい。世界中で、ここだけ？」

「そういうこと。香織ちゃんの好みに合う合わないは別として、話のネタとしても、おす

すめかな」

「なら、それにする！」

香織は弾けるように頷いて、「楽しみだわ」

と、愛らしく胸の前で手のひらを合わせた。

二種あるうち、わざわざハンドメイドと明記されたスリランカのウバを選び、オーダーを済ませて待つ間、

「留学の準備期間も含めて、ロンドンに来て半年くらい経《た》つんだっけ？」

ギイが訊く。「少しはこっちの生活に慣れたかい？」

「少しね。――ものすごーく、ちょびっとだけね」

本格的に留学生としての高校生活が始まったのはつい最近なのだが、同じ学校のプレカレッジ制度を利用して、半年近く、主に授業についていくための英会話や生活習慣などの指導をしてもらった。

香織が留学したSt.ＭＳ校は、十八歳までならば、英語がまったく話せなくても受け入れてくれる女子校で、長期休暇でも寮に居させてくれるフルボーダーのシステムまである、歴史の大変に古い学校である。

香織は英語が得意だったわけではない。

イギリスに興味があった、とか、留学がしたかったわけでもない。

けれど〝今後の身の振り方〟の選択肢で〝海外〟の項目を見たときに、ぱっと目の前に

兄の優志の顔が浮かんだのだ。晴れやかに笑っている兄の顔が。

『海外の大学も、悪くないよね』

祠堂学院高等学校に入学する前までは、高校を卒業したら当然のように日本の、国内の大学に進学するつもりでいた兄だが、祠堂でギイこと崎義一と運命的な出会いをし、たくさんの刺激を受ける中で、視野をもっと広く外へ向けるようになった。

祠堂を卒業したら海外に出て研鑽を積みたい。そう話す、希望に満ちた兄の表情はとても輝いていて、香織は胸がきゅんきゅんした。

けれど。

高校一年生が終わりかけている冬に兄は突如として行方不明となり、翌年、実家の裏山で白骨化した状態で見つかった。

柊《ひいらぎ》優志。——柊香織とは母親違いの兄妹で、優志の生みの母は既に亡く、香織の母は元愛人であり、後妻である。大人たちの複雑な事情はさておいて、香織が生まれたときから〝兄〟は〝兄〟だった。優しくて、賢くて、誰からも羨ましがられるほど仲良く成長した兄と妹だったのだ。

高一の冬季休暇で帰省していた実家から、忽然と姿を消した兄。

家出なのか。——休みが明けたら全寮制の高校に戻るのに？

誘拐なのか。——脅迫などは一切なかった。

大地主の柊家、先祖から受け継いだ山のひとつ、屋敷のすぐ裏手に聳《そび》える〝波瀬山〟には昔から、無断で山に入ったり木を伐採すると山のヌシ（モノノケ）に祟《たた》られるという恐ろしい噂があり、もしかしたらモノノケに祟られたのか、とか。――いや、優志坊ちゃんにとってあの山は生まれたときからの遊び場で、坊ちゃんに限って祟られるなんてことは絶対にない。ならば事故か、事件か、はたまた神隠しか等々と。

警察や消防だけでなく、近隣に住む大人たちはあらゆる可能性を想定しながら兄を捜索し続け、最後の最後まで無事の帰宅を祈っていた。

だが極度に緊迫した日々はそう長続きはせず、行方不明になった当初の熱意は月を追うごとに薄れてゆき、兄の名が皆の口に上る頻度も減っていったが、それでも、誰も忘れはしなかった。気持ちの端に、常に兄の不在が引っ掛かっていた。

そんなある日、波瀬山ではない別の山に入っていた地元の住民が慣れているはずの山でなぜか迷い、波瀬山まで迷い込んで――たまたま、見つけた。

それからは再び、大嵐に巻き込まれたような日々となった。

最も望まない形であれ、捜索を続けていた大人たちは一応の決着に、皆、肩の荷が降りたようであった。

優志と香織が異母兄妹であると知ったのは、いつだったか。

幼い自分には〝半分の血の繋がり〟ということすら、ちゃんと理解できていなかったのだが、それよりなにより、半分しか血が繋がっていないとしたら、もしかして自分は兄と結婚できるのでは？　と本気で考えていた。香織は優志が大好きで、本気で兄のお嫁さんになりたかったのだ。

その願いは今も色褪《いろあ》せることなく、しっかりと胸の内で輝いている。

血の繋がり云々《うんぬん》ではなく、永遠に叶わぬ願いになってしまったけれども、香織の自慢の兄は今も香織の憧れの存在で、兄を越える輝きを放つ男子には未だ出会ったことがない。

もしかしたら香織はまだ、兄の死を、本気で受け入れられていないのかもしれない。

喪服を着て、葬儀にも出たけれど。

もちろん兄の死を否定などしていない。そういう意味ではなくて。

内地の全寮制の高校に進学した兄は、それまでも何ヵ月も家におらず、たまに電話で話す程度で、だから、そのまま、あの学校で勉強を続けているような気さえしていた。

香織にとってなにより意外だったのは、母の蝶子《ちょうこ》だった。母は、あり得ないほど取り乱し、信じられないほどの悲しみに暮れたのだ。

香織には、母がまったく理解できなくなった。

母は、これ以上ないほど一方的に兄を邪魔者扱いにしていたのだ。地元の中学を卒業した後に内地の全寮制の高校に進んだことで、これで、あの忌《い》ま忌《い》ましい顔を見なくて済むと、せいせいしたと、母は香織の前で悪びれもせず何度も言葉にしていたのである。

母の豹変《ひょうへん》っぷりには、香織だけでなく、周囲の誰もが戸惑った。

周知の生《な》さぬ仲（母が一方的に疎《うと》んでいただけだが）であるだけでなく、母の兄に対する数々の冷たい仕打ちも広く知られていたので、優志を失ったショックで蝶子の様子がおかしくなったとは、とても結び付けられなかったのだ。

なにが起きているのかまったくわからぬまま、ひどく精神を病んでいった母は、とうとう社会的生活を営めなくなり、父の弟である叔父の洋二郎《ようじろう》が専門の病院の手配をし、今日現在も入院生活を送っている。

母子家庭でとうに父は亡く、兄の死亡が確定したと同時に母も失い、それでも香織は、地元の友人たちと同じように普通に地元の高校へ進学するつもりでいた。

そう、普通に。

ところが、普通に、とは、いかなかった。どう接すれば良いのかが、皆わからなかったのだ。不可解な状況で家族を失い、ただひとり残された、気の毒な香織に対して。

腫れ物に触るかのような周囲の態度に、ぎくしゃくとした空気や、世間の好奇な眼差しや、心ない言葉やなにもかもに、香織はだんだんと耐えられなくなっていった。

素直で夢見がちな少女、それが香織だったのに。

思ったり感じたことを素直に表へ出すことが、できなくなってしまった。

香織はそれまでと同じように友人たちと接していたいのに、普通に遊んだり、勉強したり、したいのに、ちっともうまくいかなくなった。

外で味わうしんどさを抱えて家へ帰っても、そこには誰もいない。

広い広い家に、ぽつんと、ひとりきりは、とても寂しい。

洋二郎叔父は近所に住んでおり、足繁く香織の様子を見に立ち寄ってくれたのだが、それではカバーしきれない問題が次から次へと湧き起こり、香織こそ、どうにかなってしまいそうだった。

いくら家も土地も資産もあるとはいえ、未成年の少女がひとりで暮らすには、あまりに社会は複雑で厳しい。

見かねた叔父が同居をすすめてくれたのだが、香織はどうしても叔父と一緒には住みたくなかった。香織のことだけでなく、入院している母のケアも手厚くしてくれる叔父なのだが、なぜか叔父はまっすぐ香織を見ないのである。まるで、後ろめたいことをしている人のように。

「まだぜんぜん慣れてはいないけど、でもね、私、どうせ海を渡るなら、内地の全寮制の高校に進むより、海外留学して良かったって、ホントにそう思ってるのよ、ギイ」

同じ〝海〟を渡るなら。

広大な北海道に住む道民にしてみたら、感覚として充分に内地は遠い。生涯、北海道から出ない道民はたくさんいる。少なくとも、内地こと本州の人で、生まれた県から一度も他県へ出たことのない人よりは。

道民が北海道を出ることは特筆すべきことなのだ。

香織は冗談めかしたけれども、あながち冗談でもないのである。

兄が内地の全寮制の高校を受験すると聞いたときは、とてつもなく遠い所へ行ってしまうような気がして、めちゃくちゃ反対したし、まだ兄は家にいたのに、寂しくて寂しくて

それこそ毎日泣いていたのだが、
『大袈裟だなあ、香織』
と、兄に優しくからかわれ、――内地でなくても道内の札幌の進学校に進んだとて、自宅から通うのは無理なのでどのみち家を出ることになるのだし、土日は無理でも長期の休みには必ず帰省するのだし、――めそめそしてばかりいると嫌われてしまいそうで、無事に高校に受かった兄を、せっかくの門出を台なしにしてはいけないと気づいて、しっかりと笑顔で内地へ送り出した。

四月になり、兄のいない家はやけにがらんと広くてしんと静かで寂しくて、一日も早くゴールデンウイークになってもらいたかったし、一日も早く夏季休暇が始まってもらいたかったし、そんなこんなでようやく秋頃になって、兄の不在に慣れてきたのだった。

慣れてきた矢先の行方不明事件だった。

――家の裏山にいたのに。一年以上も香織のすぐそばにいたのに。気づかぬうちに、内地なんかより、もっとずっと遠くへ行ってしまった。

永遠に兄を失ったとわかってしばらくは放心状態だったのだが、母の尋常でない激変の様子に香織は現実に引き戻された。なにひとつ正常に判断できなくなってしまった母の代わりに、香織がなにもかもを決めなくてはならなくなった。悲嘆に暮れるタイミングを、泣きじゃくるタイミングを、逃してしまった。

でも、ちょうど良かったのかもしれない。兄はもう、からかいまじりに香織を慰めてはくれないけれど、あのときの優しい声がまだ耳に残っていたから。

めそめそしてばかりいると、嫌われてしまう。

兄は、香織の笑顔が好きだと、世界中のどの女の子よりも可愛いと、いつも誉《ほ》めてくれたのだ。

『香織は、世界で一番大切な女の子だよ』

と。

その兄が、高校在学中は難しくてもいつか機会を作って訪ねてみたいと話していた国のひとつに、イギリスがあった。ギイが育ったマンハッタンや他のアメリカの地域にも興味はあるけれど、歴史の長いイギリスやヨーロッパの国々を巡ってみたいと。

「どうせ海を渡るなら、内地の全寮制の高校に進むより海外留学して良かったと思っているのか。——相変わらず前向きだなあ。偉いな、香織ちゃん」

感心してくれたギイに、

「えへへ」

香織が照れ笑いする。

「それを聞いて安心したよ。けれどもしなにか相談したいことができたら、オレで良ければいつでも相談にのるよ。香織ちゃんよりも多少は海外生活に詳しいからね」

「多少って……！」

ギイの冗談に香織がけらけらっと笑う。笑うとあどけなさが勝り、出会ったばかりの幼い頃の無邪気な笑顔と重なった。

もっと笑っていればいいのに。――笑っていて、もらいたい。

そこへ、お待ち兼ねの料理と紅茶が運ばれてきた。

「うわあ……！」

香織の顔がみるみる輝く。

先ずは、リッチなフィンガーサンドウィッチの盛られたディッシュ。オリジナルスモークサーモンのケーパーとレモンドレッシング和《あ》え、カレーとマヨネーズのコロネーションチキン、スモークターキーのマスタードハニーソース、トラディショナルでありアフタヌーンティーには欠かせないキュウリにミントとクリームチーズを添えたもの、そしてレアブリードの鶏卵とマスタードクレソンのサンドウィッチである。

続けて、三段のケーキスタンドが大小二つ。大きいスタンドにはマカロンや数種のフレッシュなケーキ、焼き立てのスコーンがレーズンとプレーンそれぞれに。小さいスタンドには一皿ずつに、サマセット産のクロテッドクリームと二種の小瓶入りオリジナルのプリザーブ（ジャムよりも原形を残したもの）が、それぞれ載せられている。

「どうしよう。どこから手を付けたらいいのかなあ」

「どこからでもいいし、どれもお代わり自由だよ」

「――お代わり自由？」

「好きなものを好きなだけどうぞ」

「ケーキも？　だって、すごく高そうよ？」

「ケーキもスコーンも、もちろん紅茶も、お代わり自由だから」

「……スゴスギル」

　素直に感動している香織にギイまで嬉しくなる。――この姿を見られただけで、誘った甲斐があったというものだ。

　早速ストロベリーのマカロンをぱくりとつまんでから、かのシングルエステートティーのウバを当然のように（これぞ日本人ならでは、だろう）牛乳も砂糖も入れないストレートのまま、貴重な茶葉をしっかりと味わうべく香織はことさら大事そうに口に含んで、ゆっくりと嚥下する。

「どうだい？　香織ちゃん、紅茶、口に合うかな？」

「……ホントのコト、言ってもいい？」

「いいよ」

　頷くと、香織はちいさく肩を竦めて、

「よくわかんない」

　うふふと笑う。

「はい。よくわかりました」

　仕方あるまい。誰が飲んでもべらぼうに美味しいのかと訊かれたら、通好み、かも？と、答えねばならない茶葉である。「香織ちゃん、この際、気にせずじゃんじゃんミルクとシュガーを入れるといいよ」

　ギイも、笑ってすすめる。

「でも苦くはないのよ？」

「そういう意味じゃないよ。ほら、イギリスで紅茶といえば？」

「あ！　ミルクティーが定番！」

「だろ？　だからね」

「ねえ！　ねえギイ、この話、知ってる？　学校のクラスの子に教えてもらったんだけど本当のミルクティーの淹れ方があるんですって！　完璧な、――学術的な？」

「んん？　本当のミルクティー？」

　訊き返しつつ、ギイはなぜか大通りに面した窓の外を一度ちらりと見遣った。「へえ、そうなんだ。それはどんな方法だい？」

「あのね、確か、アッサムの茶葉と、チルドの牛乳と、軟水と、白砂糖を用意して、セラミックのポットと、あとそれからなんかすっごく細かくいろいろ決まりがあって、でも、一番重要なのが順番で、先に牛乳を入れるんですって。牛乳の蛋白の変質が摂氏七十五度から始まってしまうから、熱い紅茶の中に入れるのはダメなんですって」

「ふむふむ」

　真面目な表情で傾聴するが、どうしても口元が弛んで仕方がない。と、目敏《めざと》い香織に、気づかれた。

「ねえ、ギイ、どうして笑うの？」

不満げな香織へ、

「いや？　笑ってないよ」

即座に否定してみせる。

「だって目が。――ハッ。もしかして、デマ？」

「デマというか……」

ギイは紅茶のお代わりをウエイターにオーダーしてから、「香織ちゃんこそ、オレを担《かつ》ごうとしていないかい？」

「担ぐって、ギイを？　どうして？」

きょとんと訊き返す香織に、

「なら、そっちか」

ギイは笑ったまま合点すると、「香織ちゃん、ジョージ・オーウェルという人物を知ってるかい？」

と、尋ねた。

「ううん、知らない」

「イギリスの有名な作家で、生前に紅茶に関する短いエッセイを書いたんだ。つまり、たいそう影響力のある人が、紅茶に関してのたいそう影響力のあるエッセイを残したという意味でね」

「紅茶のエッセイ？　それが、ギイが笑ったことと、関係があるの？」

「ジョージ・オーウェルの生誕百年のイベントに、ロイヤル・ソサエティ・オブ・ケミストリーが、彼が残したエッセイへの敬意を込めたディベートとして、さっき香織ちゃんがオレに話してくれた方法をプレスリリースしたんだよ、ジョークとして」

「ジョーク……？　あの方法って、冗談なの？」

「冗談だよ」

「でも、えっと、ロイヤル……？」

「ソサエティ・オブ・ケミストリー」

「って、ケミストリーって、化学でしょ？」

「訳すと、王立化学協会、かな？」

言いながら、ギイは再び窓の外に視線を流す。

その視線の先には、そう、さっき、ギイがちらりと目を遣ったのも、

「もしかして、あの立派な建物のところ!?」

このデパートから大通りを挟んだ先の威厳ある建物が、偶然にも、それだ。

「そうだよ。だから、目の前の建物に因《ちな》んだひっかけをオレにしてよこしたのかな？　と勘ぐりながら、香織ちゃんの話を聞いていたというわけ」

なのでつい口元が弛んでしまったのだ。承知の上で香織のひっかけに乗り、楽しむべきか、けれど香織のことなので、ひっかけではない可能性もあると。

「香織、ギイをひっかけたりしないわよ？」

「だよね。でも香織ちゃん、イギリスに留学して数ヵ月経つわけだし、少しはイギリス流に染まったのかなって」

「イギリス流？　なあにそれ。ギイ、なに言ってるかわかんない」

「ごめんごめん」

「香織のことより、プレスリリースって、そういう、ちゃんとしたところが、冗談で出してもいいの？」

「いや、だから、ほら、ここはイギリスだから」

「いくらイギリスでも、王立の、化学の、すっごく偉いところが、冗談で、そういうことしていいの？」

「うん。ここはイギリスだからね」

「プレスリリースって公式の発表でしょ？　なのに？」

「そうだよ。イギリスだからね」

「……ええええー？」

香織はソファの背凭れに脱力して、「なあにぃ、それぇ？」

ふにゃふにゃと崩れた。

イギリス人のブラックジョーク好きは有名だけれど、

「ひどい。そんなところから出されたら、ウソかホントかわからないじゃない」

「日本人にはね」

「イギリスの人たちはわかってるの？」

「以降、至って真剣に、あちらでもこちらでも明後日《あさって》の方角を向きながら、〝これこそが正しい紅茶の淹れ方である〟と間接的にディベートを仕掛けあっているから、わかってるんじゃないのかな」

「……そうなの？　ますますわからない」

「わかりにくいのも、イギリスっぽいだろ？」

「むむぅ」

香織は眉間に深く皺《しわ》を寄せて、「そうだけど、それじゃあ私からかわれたの？　みんなジョークだと知ってるのよね？　私、みんなから、ジョークが通じるか試されたの？」

もしかして、異文化人であり新参者が受ける洗礼だろうか。

「だとしても歓迎の挨拶だよ。悪気はないから」

「……そうかなぁ」

香織はしゅるしゅるとしょぼくれる。

クラスで、こっそりと付けられていたニックネームは〝レイニー〟。自信がなくて、俯きがちで、雨降りの天気のようだと思われている。ぜんぜん英語が喋れなくて、それでなくても臆してしまって、早く新しい環境に馴染もうと必死に努力はしているけれど、浮いている自覚はあった。

「香織ちゃん、さっきの、レセプションまで一緒に来た子って、友だち？」

「え？　あ」

香織はぱっと顔を上げ、「友だちっていうか、……ルームメイト？」

「優しい子だね。香織ちゃんがまだロンドンに不案内だから、ここまで付き合ってくれたんだろう？」

「……うん」

外見はクールだけれど、優しい子だ。——美人だし。スタイルも良いし。同い年なのにぜんぜん大人っぽいし。「でも香織、多分、嫌われてるの。嘘つきって思われてるの」

「嘘つき？　どうして？」

「わかんない。それまで普通に接してて、あの子も留学生で、けど私よりぜんぜん英語が上手で、普通にしてたんだけど、なんでか嫌われちゃった」

「嫌ってる子を送ったりするかな？」

「だから、すっごく優しい子なの。クールで口数は少ないけど、気も利くし」

ある夜、寄宿舎の部屋で、ギイとの待ち合わせの店までどう行けばいいのか、店のアドレスメモを傍らに、地図を広げて一所懸命ルートを辿っていたら、

『カオリ。その店なら知ってるわ。次の休みに行くのなら、近くに用事があるから、ついでに送ってってあげる』

と彼女が申し出てくれたのだ。おそらく、見るに見かねて。

「香織ちゃんがまだ充分に英語でいろんな説明ができないせいで、誤解されることは多々あるだろうけれど、それによって嘘つきと思われる、ということはないよ」

「ううん。思われてるの。だって、面と向かって言われちゃったんだもの」

「面と向かって？　嘘つきって？」

「そう。ライアーって。――ライアーって、嘘つきって意味よね？」

「……だね」

「上手に嘘をつくのねって、そんな感じのことを、前に言われたの。珍しく、笑って。だから――」

　きっと、なにか彼女を幻滅させるようなことを自分はしたのだ。せっかく仲良くなりかけていたのに。

「あの子が笑うの、珍しいんだ？」

「いつもクールで大人っぽくて、香織みたいにわちゃわちゃしてないし」

「でもね、嫌ってる子を、いくらもののついででも、せっかくの休日に、わざわざ送ってくれるものかな」

「それくらい、優しいのよ。意思はとても明確で、なにごともはっきりしているけれど、いつも冷めた感じでも、怒ったところをまだ一度も見たことがないもの。――不機嫌なところもよ」

「つまり、香織ちゃんのことが好きであれ嫌いであれ、ルームメイトとして気遣ってくれてるってことかい？」

「うん。だって、私だって、不機嫌にならないように頑張ってるもの。お兄ちゃまやギイが行ってた高校でも、――祠堂学院でも、そうだったんでしょ？　学生寮って、ふたり部屋だったのよね？　ルームメイトと険悪な空気にならないよう、お互いに気を遣ってたでしょ？」

「基本的にはね」

　ギイの一年目の同室者の赤池章三とは、なんでも話し合いができたのでほぼストレスフリーであったし、二年目の葉山託生は片思いの相手だったので険悪な空気を避けるどころか、いかに警戒されずにどう距離を詰めるかに全精力を注いでいた。質は異なるが、どちらも楽しい一年であった。

　ギイの場合はさておき、香織の言うとおり、確かに、集団生活では感情剝き出しや遣りたい放題というわけにはいかない。

　だが。

「香織ちゃん、英語でどう言われたか、覚えてるかい？」

「覚えてるけど。……忘れられないし」

「言ってみてくれる？」

「――え」

　香織はちいさく固まると、「――発音は、気にしないでね？」

そっと続ける。

「気にしないよ」

「正確には、発音できないの。語尾のrが難しいんだもの」

「わかってるよ。大丈夫」

「じゃあ、行きます」

「はい。どうぞ」

「グッド　ライアー」

「good lier——？」

「そう！　……ね？　嘘が上手、って、つまり、嘘つきってことでしょ？」

と、ギイがぷぷっと噴き出した。

「ひどい、ギイ。どうして笑うの？　香織が落ち込んでるの、そんなに面白い？」

「違う、違う」

ギイは笑いながら、「わかりにくいかもしれないけれどね、good lierを〝良い嘘〟もしくは〝良い嘘つき〟と訳すと、——ああ、余計にこんがらかるか。あのね、わかりやすい嘘ねって、指摘されたんだよ」

「わかりやすい嘘？」

「あなたの嘘はわかりやすいですね、ってね」

「グッドなのに？　良い、とか、上手、とかじゃないの？」

「わかりやすいから〝良い〟んだよ。だからね、彼女が言った意味合いとしては〝嘘が下手ですね〟が、正解」

クールな彼女が珍しく笑って。

嘘が下手ね。

って？

「――そうなの？」

「前後のやりとりを知らないから、香織ちゃんのどんな動向で嘘が下手と彼女に判断されたのかはわからないけど、無理しているのがバレバレですよ、とか、そういうニュアンスだよ」

「…………そう、なの？」

「そうだよ。思い当たる節はあるかい？」

「……うん」

元気な振りをしたときだ。

いろいろあって。でも、ぜんぜん気にしてないから大丈夫。I'm fine. って。

そう伝えた直後に言われたのではなく、しばらくして、まったく別の、他愛のない場面で、唐突に微笑んで告げられたのだ。

「だからね、オレは、嫌われてなんかないと思うよ」

「……信じてもいい？」

「オレの推理、採用してよ。こう見えて、けっこうな名探偵だからね」

ギイのジョークに香織がくすくすと笑う。

「うん。採用する」

態度も表情も反応もクールだけれど、彼女は優しい。間違いなく、優しい。同じようなからかいでも、レイニーとは違う。香織は彼女にレイニーと呼ばれたことは（ものの弾みにすら）ないのである。

ホッと安堵した香織に、ようやく食欲が訪れた。

「良い感じに誤解がとけたところで、香織ちゃん、本題に入ってもいいかな？」

ふたつに割ったもののそのままにしていたスコーンへ、たっぷりのクロテッドクリームとワイルドブルーベリーのプリザーブを塗っていた香織は、手を止めて、

「——本題？」

訊き返す。

「オレの本日の目的はふたつ。ひとつは香織ちゃんと美味しくアフタヌーンティーをいただくこと。もうひとつは、香織ちゃんの意思確認だよ」

「私の？　どんな？　ああまさか帰国しなさいとか？　いやよいやよ、ギイ、さっきのぐだぐだはナシにしてね？　香織、卒業まであそこにいたいわ」

「ではなくて、波瀬山の売却についてだよ」

波瀬山と聞いて一瞬にして香織の眼差しが困惑する。——そこは、兄の優志が亡くなっ

た実家の裏山である。

「ずっと前から売却の話が出ていたのは知ってるよね？」

知っている。――財政難を理由に、母はどうにかして先祖伝来の持ち山を売ろうとしていた。できるだけ良い条件で。そのうちのひとつが波瀬山だった。

「でも、モノノケの怖い噂がある上に、お兄ちゃまがあそこで亡くなって、もともと売るのは難しかったのに、買おうとする物好きな人がいるの？」

「現れたから契約話が進められているんだよ。でもね、大人たちの事情はともかく、あの山を受け継ぐ権利を持つ正当な子孫である香織ちゃんの意思が、オレは知りたいんだよ」

「洋二郎叔父さまは売りたいんでしょ？　ママの病院代だって馬鹿にならないし、――私の留学の費用だって、……でしょ？」

「そうだね。だからこそ、そういう配慮を全部抜きにして、シンプルに、香織ちゃんの今の気持ちを知りたいんだな。売りたいのか、売りたくないのか」

「売りたくないって言ってもいいの？　叶うの？」

香織はむきになって食いつく。「叶いもしないのに、香織にそれを言わせるギイって、意地悪だわ」

「そうか。売りたくないんだ？」

「だって、香織が作ったお兄ちゃまのお墓が、あそこにあるのよ？」

公営の墓地に柊家代々の墓はあるのだが、それとは別に。

とはいえ、兄の遺骨が埋葬されているわけでなし、木材を組んで作ったシンプルな、墓というより墓標であった。風雨に晒され、やがて自然に還《かえ》る、そのようなものだ。

けれど香織には、とても大切な墓だった。

「お兄ちゃまにとって、波瀬山は、一番の宝物だったんだもの」

「知ってるよ。前に優志がオレに話してくれたことがあるからね」

どんなに困窮したとしても波瀬山だけは絶対に売らない。そう、力強く断言していた。

おそらくあそこがタケルの住む、先代の当主が代々住まわせていた山だから、優志は波瀬山を特別なものとしていたのだろう。

ただのホラーな昔話ではなく、現実に波瀬山にはモノノケが住んでいた。——唯一の跡取り息子である柊優志を守るために。

ギイには過去に、矛盾する記憶がある。

ひとつは、高校のスキー教室でケガを負ったそそっかしい恋人の託生と、それなりに北海道の雪山を楽しんだ記憶。——託生を含め、ギイ以外の皆の記憶もこれである。

もうひとつは、同じスキー教室で、雪山で行方不明になった託生をスペシャリストたちにまざって捜索した、自分が死ぬより恐ろしい思いをした記憶。

ひとつ目の記憶にふたつ目の記憶がまだらに重なり、やがて思い出したのが〝タケル〟の存在であった。と同時に、波瀬山の山小屋でタケルから聞かされた柊家にまつわる因果な話も思い出し、すると、呼応するようにどこからともなくタケルが目の前に現れた。

『さては人間じゃないだろう、お前』

以降、タケルはギイの記憶をいじらない。

緋色《ひいろ》に変じた眼差しひとつで、人間の記憶をあっさりと書き換えられる、変わらぬ姿で永遠の時を生きるモノノケなのだが。

「なら、ゆくゆくは買い戻す気があるかい？」

ギイの問いに、香織はポカンとする。

「香織が？　波瀬山を？」

そんなの無理に決まっている。――と、顔に書いた香織へ、

「香織ちゃんにその気があるなら、山は手付かずにしておくよ」

「え……？」

ぱたぱたと目を瞬《またた》かせた香織は、「どういう意味？　手付かずって」

「波瀬山は一旦は売却されるけれども、新しい持ち主が山をそのままにしておくって意味だよ。ただし手入れをしないと山は死んでしまうから、最低限のケアはするけれどね」

「でも香織、山を買い戻すお金なんて持ってないし、そのためにどうすればいいのかも、まったくわからないわ」

「それを、これから学ぶんだろ？」

「――学ぶ？」

「ガツガツと貪欲《どんよく》に、学んで、学んで、学びまくって地力を付けるといいよ。人脈も作る

といい。やりもせずにできないなんて口にするのは、時期尚早だよ」

「……崎さん」

無意識にか、呼び方が遠く改まった香織へと、

「ギイだよ、香織ちゃん」

すかさず訂正して、気持ちを引き戻す。「きみは今、絶好のチャンスの中にいるんだから、最大限それを生かさなくてはいけないよ。優志がなによりも大切にしていた波瀬山を売却したお金で、これからきみはここで学びを続けるのだから。いつまでも臆していないで、香織ちゃんらしく溌剌《はつらつ》と、前向きに、学校生活を送りなさい。——優志の分も」

——兄の分も。

そうだ、そのつもりで私、留学したんだった。

「……うん」

ぐすりと香織は鼻をすする。膝に掛けていたナプキンで、目の端と鼻の下を素早く拭って、「うん。うん。そうだよね。私、波瀬山を買い戻す。それを目標にする」

香織は何度もちいさく頷く。

目標。——目標。

なんて良い響きだろう。

それに、なぜだか急に目の前の景色がはっきりとしてきて、とても明るく映るのだ。

「うん。不思議」

こんな気持ちは初めてだ。「ギイ、私、元気が出てきた」

「オレもだよ。香織ちゃんが元気だと、オレも元気になるよ」

「ふふふ。ギイ、お兄ちゃまみたいなこと言ってる」

香織が笑ってくれると、不思議と僕まで元気になるよ。

大丈夫。

挫《くじ》けたりしないからね。

僕には夢があるんだ――。

「笑顔が眩しかったなあ……！」

母からどんなにひどい仕打ちを受けても、兄は俯いたりせずに、いつも香織に夢を語ってくれた。

「優志の？」

「うん。香織、お兄ちゃまがどんな夢を抱いていたのか、具体的な内容を聞いたことがなかったから知らないけれど、でも、間違いなく望んでいたのは家の発展だったと思うの。柊の家を継ぐのに相応しい力を身に付けたいって、口癖のように言ってたから。私は、お兄ちゃまのお嫁さんになることばかり夢見てて、だからこんな情けないことになってるけれど、でもギイ、香織、お兄ちゃまの代わりに家を守ってみようと思う」

父も亡く、兄も亡く、母の回復は先の見えない状態で、実家はあれど建物だけで、そこには誰も住んではいない。なのに〝家〟――家名を守るなど、守ったところでなんの意味もないと、香織は漠然とそう捉えていた。今の今まで。

兄がしたかった留学をしてみたものの、それは香織の夢ではないから、現実を追いかけるだけで精一杯で、なのに、兄の叶えられなかった夢を自分が叶えてみようかと、ふと、心の中で思っただけで、胸の内側からふつふつと明るい感情が湧いてきて、我ながら驚いてしまう。

そうか、私、取り戻したいんだ。

兄の夢を、自分の手に。

どうやって、何年かかれば波瀬山を買い戻すことができるのか、今の香織には皆目見当もつかないけれども。

「――いいね」

ギイが笑う。

「ホント？　ギイ、ホントにそう思う？」

「本当にそう思うよ。自分には力がないからできないなんて決めつけちゃいけないし、社交辞令でもお世辞でもなく、香織ちゃんならば、家の再興だろうと、なんだろうと、きっとできるよ」

「嬉しい。ギイに太鼓判を押してもらえると、ホントに叶う気がする」

「叶うさ」

あっさり請け合ったギイは、「これからもずっと応援してるからな」

と、微笑んだ。

「ありがとう！」

香織は、手にしたものの（またしても）すっかりその存在を忘れていたスコーンにがぶりとかじりつき、「んーっ！　美味しいっ！」

ぎゅっと目を瞑った。


「ほい。お土産」

ギイがぐいとよこした持ち手の付いた淡いターコイズブルーのケーキの箱。

「……土産？　そんなもの頼んでないぞ」

怪訝な目で受け取り拒否をしたタケルは、「そーゆーのはお前の恋人にくれてやれよ。もしくは、甘いもの好きの女の子にさ」

お代わりが自由なだけでなく、食べきれなかった分はテイクアウトできる。しかも帰宅後に蓋を開けてみれば、スコーンは増量されていて、テーブルでの使いかけではない未開封の瓶入りプリザーブまで入っている。という至れり尽くせりのティーサロンなのだが、おまけにシェフのオーケーが取れるとフレッシュケーキまで箱に詰めてくれるというサービスっぷりであった。

もちろんひとりにつき一箱ずつだ。

「香織ちゃんには断られちゃったんだよ、自分のがあるからって」

この一箱をルームメイトと分け合って食べたいと。

そう言われたら引かざるを得ない。香織は無自覚だが〝分け合う〟というあたたかさが友情を深めるのだ、邪魔できないではないか。

「なら託生くんにあげればいいだろ。そろそろあっちも終わるんだろ」

「閉幕まで、あと二十分くらいかな」

ロンドンで、託生がどうしても観ておきたいという人気のミュージカルのチケットが、マチネだが運良く一枚だけ入手できたので、本日は別行動となった。ギイは託生を劇場まで送ってから、香織と会っていたのである。

香織の時間が許せば託生と三人で夕飯を食べたいところだが、あいにくと香織の留学先の高校はロンドン郊外にあって、移動時間がかなりかかる。おまけに寄宿舎生活のルールはどこも厳しい。女子校で未成年ともなると、お目こぼしも期待できない。

「でもあいつ食べないから。スコーンはともかくケーキとか」

「そうなのか？」

「出されたら食べなくはないが、お土産にあげたところで、たいして喜ばないんだよ」

「へええ？　甘いもの好きそうなのにな」

「だろ？　詐欺だよな」

「詐欺ねえ」

大袈裟だなとタケルは薄く笑うと、「なら自分で食えよ。俺は帰る」

「そう言わずに、――優志の墓に供えてやってくれよ」

公営の柊家の墓地にではなく、香織が作った波瀬山の墓標へと。

タケルはひょいと肩を竦めると、

「そういうことなら、いいぜ」

箱を受け取り、「だが、あそこに優志はいないぞ」

と、続けた。

『せっかく遠路を訪ねていただきましたが、ここにはもう、いないんですよ』

『では、どちらに?』

島岡の洋二郎への問いかけは、香織についてであったが。

――だがあそこに優志はいない。

「タケル、ならば優志は今、どこにいるんだ?」

もちろん、遺体が、という意味ではない。

「魂は身軽で自由だからな」

タケルは軽く笑い、「もしかしたら優志は今、イギリスの空から大事な妹を見守っているのかもしれないぞ」

ロンドンにしては珍しくすっきりと晴れた青空を見上げた。

ギイも、空を見上げる。

「身軽で自由、か」

だからいつまでも墓の前で泣かないでくれ、と、そのような歌もあるけれど。「タケルには、優志の魂が見えてたりするのか？」

モノノケの目にこの世界は、ヒトの魂は、どう映っているのだろうか。

「……見える魂は不幸だな」

タケルは意味深長に呟いて、「死ぬと、人は、次に生まれてくる準備に入る。そのあいだに、自由にいろんな場所へ行くんだろうさ」

曖昧に答えた。

ギイは質問を変える。

「タケルにはわかるのか？　もし、優志の生まれ変わりに会ったなら」

——わかる。

風のような僅かな音を残して、ふっとタケルが姿を消した。

「……そうか、わかるんだ」

肉体を離れた魂が見えるか見えないかはさておき。

ギイは石畳の歩道を、託生がミュージカルを鑑賞している劇場へと歩きだす。そろそろフィナーレを迎える頃合いだ。

「それはそうか。でなきゃ、優志どころか例の想い人に再会しても、気づけないもんな」

タケル曰く、どうしても会いたくて、どうしても会いたくない人。

この世の誰より、しあわせになってほしい人。

タケルではないが、やがて自分がこの世を去り、次に生まれてきたときも、できれば、託生の生まれ変わりと恋をしたい。

「さすがに難しいか？　——はは、難しいよな」

タケルのように、託生の生まれ変わりを見極める能力が自分にあるでなし、そもそも、いつどこでお互いが生まれてくるかもわからないのに。

再び出会い、恋をするには、どれほどの偶然が重ならなければならないのだろう。おそらく天文学的な確率だ。何度も何度も繰り返し同じ恋人の魂と巡り合うなど、〝永遠〟の世界に棲《す》むタケルだからこそ、叶う奇跡だ。

やめよう。来世のことは考えまい。

「オレは、現世をとことん大事にしよう！」

ギイはさっくり気持ちを切り替える。

劇場の外で待つギイを見つけて、託生は駆け寄ってくれるだろう。そして、どうしても観たかったミュージカルがどのように素晴らしかったかを、きっと、感動で昂揚したまま饒舌《じょうぜつ》に語ってくれることだろう。

その輝く瞳と、

上気した頬と、

やや早口な感想を、

心の底から堪能しよう。

この世の誰より愛しい人と分かち合う、甘い時間を――。

エーデルワイス

春の物語

Graduation

Shinobu Gotoh

トツ。と、窓ガラスになにかが当たった。

弓の毛束に松脂《まつやに》を（摩擦熱で溶かして付けるので）素早く小刻みに動かして塗っていた託生は、そのちいさな音をたまたま聞き逃さなかった。

もしバイオリンを弾いていた最中ならば、絶対に気づかない。バイオリンは耳の側で大音量で鳴る（鳴らす）楽器なのである。

小石かなにかが風で吹き飛ばされてきたのだろうか。今日はそんなに風の強い日ではないのだが、いつもならば気にならないのに、ふと、当たったものの正体を確かめたくなって、託生は弓と松脂をそれぞれ両手で持ったまま窓辺へ近寄った。

三月、音大は春休みなれど相変わらず校内の練習室使用の競争率は激しく、戦いに敗れた自宅練習もままならない学生の多くは近隣の有料スタジオを借りたり、楽器店が有料で時間貸ししている（しかもこの店は音大生だとディスカウント価格である）練習スタジオを借りたりしている。

本日の託生は敗者のひとりであった。自宅アパートでも楽器の練習ができなくはないのだが、やはり思う存分バイオリンを弾くには、近所迷惑（とまではなくとも）をまったく考慮せずに済むスタジオは、有料なれど、ありがたい。

　この楽器店の練習スタジオは音楽教室のレッスン室を兼ねていて、個人レッスンやグループレッスンなどのカリキュラムに合わせて大小のレッスン室がある中の、空きがあり本日貸していただけたのはかなり広めの部屋だった。道路側には腰の高さのガラス窓。安全のためか（幼い子どももこの部屋でレッスンを受けるので）開けられないよう嵌め殺しになっており、その両脇には幅十センチほどの換気程度に開けられる細長い部分がついていた。その片方の窓の桟《さん》の外側に、横たわるように花が一輪落ちて（？）いた。

「――え？　花？」

　しかも、見慣れぬ花。

　狭い窓の桟へ、それも、かろうじて開けられる部分へと、タイミング良く飛ばされてきた花。しかもここは二階である。飛ばされてくるにしては、高さがある。なんだか不思議な感覚に捉われつつも、託生は弓と松脂を手近な場所へ置くと、窓を開け、狭い隙間からどうにか花を救助した。外へ、そのままにはしておけなくて。

　花を手に取り、

「あれ？　これって……？」

　どこかで見たことのある花だった。白くてちいさくて可憐な〝野の花〟の風情《ふぜい》。

『尊い記憶っていうんだよ』

そうだ、ギイが教えてくれた。

「思い出した！　これ、エーデルワイスだ！」

懐《なつ》かしい。

高校二年生のときに行った学校のスキー教室で、宿泊した北海道のホテルのパンフレットの表紙にこの花の写真があしらわれていた。——あれ？　でも、これがエーデルワイスだとして、エーデルワイスって初春の花だったかな？

そもそも、エーデルワイスって、日本で普通に咲いていたっけ？

「……あれ？」

それと——。

パンフレット以外の、なにかが記憶の隅にぼんやりと引っ掛かっている。肝《きも》が凍りつくような絶望的な出来事だった気がするのに、まったく思い出せない。

と、トトトンと軽やかなノックの音がドアに跳ねた。そして、託生の返事を待つことなく、やや厚みのある（それなりに防音の施《ほどこ》された）練習スタジオのドアが開いた。

「ただいま託生！」

上機嫌のギイ。「なんだ？　まだ練習、始めてなかったのか？」

年末年始に続き、託生の春休みに合わせてギイがまた日本へ来てくれた。

春休みとはいえ託生には受けねばならないアンサンブルのオーディションがあり、バイオリンの練習は欠かせない。承知のギイは、しかも託生のバイオリン練習の邪魔はしないことを旨《むね》としているので、練習スタジオを借りている二時間ほどを読書の時間と決めて、楽器店の並びに見つけた書店で数冊の本と数冊の雑誌を買い込んできた。

かなり広めの練習スタジオだが、所詮は室内である。ここで聴く楽器の音は間違いなく騒音レベルだ。にもかかわらずギイは託生のバイオリンを（練習なので、とても人様へ聴かせられる状態ではないのに）楽しむ天才であった。高校時代から、今も。

練習に付き合うと言われて、相手がギイならば託生も拒まない。楽器の練習など本人以外にはまったくもって退屈に過ぎるし、ギイにとってどう楽しいのかはとんと理解できないが、嘘でもお世辞でもないことは、託生にもわかっていた。

「お帰り、ギイ。早かったね」

「てか託生、お前、なんでエーデルワイス持ってんの？」

と目敏く見つけ、訊く。

「やっぱりこの花、エーデルワイス？」

「そうだよ」

一般的な呼び名はエーデルワイス。「スイスといえば、で有名な。しかもそれ——」セイヨウウスユキソウじゃないか。と言いかけて、ギイは言葉を引っ込める。

国内にも、日本のエーデルワイスと呼ばれるウスユキソウが何種類か咲くが、スイスを始めヨーロッパではなんと一種類しか咲かない。それがセイヨウウスユキソウである。そして、日本にはない花である。

「しかも、なに？」

「あ、いや？　間違いなくそれはエーデルワイスだ。高地に咲く〝夏の花〟だよ」

「高地に咲く、夏の花……」

託生が繰り返す。「だよね？　夏の花なんだよね？　あれ、じゃあなんで、こんな街中に？　この窓の外に飛んできたんだろう？」

季節も場所も、おかしくないか？

首を傾げる託生に、ギイは唐突にふわりと笑うと、

「オレに一生ものの素晴らしいクリスマスプレゼントを贈ってくれた、恋人思いの心優しい託生くんに、天使がプレゼントしてよこしたんじゃないか？」

「な、なんだよそれ。からかうにしても、他にあるだろ」

急にやや声を荒らげた託生へ、

「天使のプレゼントって表現はお気に召さない？」

ギイが微笑む。

「じゃなくて……！」

絶世の美男子にそれはキレイに微笑まれて、からかわれたわけではないとわかったものの、「——面と向かって、そういうこと言うから」

恋人思いとか心優しいとか、……照れるじゃないか！

尊い記憶。——エーデルワイスの花言葉。

託生にはギイとの出来事が、彼と紡いだすべての記憶が、とても尊い。

「託生、これ、枯れないよう水に挿しておこうか」

ギイはデイパックからミネラルウォーターのペットボトルを取り出す。——海外からふらりと手ぶらでやってくるギイだが、国内ではバッグを持参しているという面白さ。飛行機の中は、移動時間こそ長いが全てが整っているので荷物は最小限で良いそうだ。一方、国内で過ごすには持ち歩くべき物がそこそこあると。

「あ、ペットボトルに挿すより、良い方法があるよ」

言いながら、託生はバイオリンケースの小物入れからあれやこれやと取り出した。

バイオリンの掃除に使う予定のガーゼ（未使用）と、数本のペンをまとめて留めていた輪ゴムと、交換用の弦が一本ずつ入った紙袋をセットでまとめている透明のポリ袋と、ポケットティッシュ（楽器のボディ部分には絶対に使わないけれど、指板や弦に残った松脂を拭くのには最適なのだ。繰り返し使う布での手入れでは、拭いたはずの松脂などの汚れが楽器に戻ってしまうことがあるので、ならば一回ずつティッシュで拭いて、潔く捨てるのが最良だと、今のところは思っている）。

「ねえギイ、ティッシュとガーゼだと、保水としてはどっちがいいかな」

「なるほど、わかった」

察しの良いギイは、「それはオレがやるから、託生は練習を始めろよ」

ティッシュにペットボトルの水を含ませ、茎の切断面を覆うようにして巻き、濡れた部分をすっぽりと透明の袋に入れて、袋が外れないよう輪ゴムで留めた。

「――完璧だ」

感心する託生へと、

「託生こそ、随分と気の利く方法を思いついたじゃないか。これなら花の一本くらい、気楽に持ち運べるな」

誉められて、またしても託生は照れる。

「ピアノ科の友だちがいつもこんなふうな方法で、演奏会でもらった花束から一輪だけ、持ち帰っているから」

「――一輪だけ？……キザだな」

「演奏会の度にたくさん花束をもらう人なんだけど、花はあんまり得意じゃなくて、でも全部拒否するのはさすがに気が引けるって、一輪だけ抜いて、ささっと包んで」

彼は演奏が抜群に上手なだけでなく、人を寄せ付けないミステリアスな雰囲気や、滅多に笑わないクールな性格や整った外見が女性からとても人気があって、演奏会が行われると、規模の大小にかかわらず、ここぞとばかりに集まる（主に女子学生からの）花束の量が半端でないのだ。

「……ふうん？」

「演奏会ほどかしこまっていないラフなコンサートとかでキャーキャー騒がれるのも苦手で、ステージに上がったときだけじゃなくて、大学構内でも、女の子たちはいつも話しかけたそうにしてるんだけど、意図的にシャッター降ろしてるっていうか、わざととっつきにくい空気を出してるっていうか」

「女子限定で？」

ギイは近くの椅子に腰掛けて、買ってきた雑誌を適当に取り出す。

「うん？　あ、そうだね、女子に向けてかな。そもそも男子はキャーッって騒がないし」

母校、祠堂学院の文化祭のステージで、会場に溢れんばかりに詰め掛けていた付近の女子高生たちから壮絶にキャーキャーと騒がれていた後輩の中郷壱伊《いちい》は、進んで歓声を浴びていたが、同じく後輩の真行寺兼満は、拒みはしないが歓迎もしていない様子だった。

モテモテなのは同じでも、リアクションはそれぞれだ。

ちなみに、ここにいるとんでもなく魅力的な人は、そもそも衆目の前へ、ステージなどに上がったことがない。今思えば、その手の機会をものの見事にさけていた。

「色恋は眼中にないというか、ピアノのことだけしか考えてないから、友だち付き合いもほとんど、というか、まったくしないんだけど」

「なのに託生とは、ちゃんと友だち付き合いをしているのか？」

「ちゃんと、ってほどでもないよ？」

「オレの記憶が確かなら、それは託生のバイオリンのピアノ伴奏者で、女子だけでなく、恋愛感情は抜きにして男子にもモテモテの奴のことだろ？　孤高の存在でピアノの凄腕っぷりが評判の」

「うん、そう！　さすがギイだね、覚えてたんだ？」

「いや、誉められてもな」

「今日も女子を完全スルーしてて、でも、ほら、先月バレンタインが終わって、もうじきホワイトデーだろ？　春休みでもオーディションは次々に行われているからまったく気が抜けないはずなのに、それはそれとして、大学の雰囲気が全体的にふわふわとした恋愛モードで、なのに彼だけは、いつもどおりの素っ気なさで」

開きかけた雑誌をぱたんと音を立てて閉じると、

「——オレの記憶が確かなら」

ギイはちらりと上目遣いに託生を見た。「バレンタイン当日に、そいつからチョコをもらったと、言ってなかったか？」

「え？　そうだった？」

「そうだった」

即答したギイ。その記憶力に間違いはない。

「あ、思い出した。いや、だから、もらったはもらったけど、でもギイ、違うよ？　あのときも話したけど、たまたまピアノと合わせる練習を十四日にしてて、レッスン終わりに小腹が空いたねって話してたら、期間限定のチョコがあるけど食べる？　って訊かれて、何粒かおすそわけしてもらったっていう、それだけだから」

「ほう。バレンタインの当日に。チョコを」

「あれを、バレンタインにチョコをもらいましたとは言わないだろ？」

「言うね」

「言いません」

「言いますぅ」

「言いませんー。だって、あの日は義理チョコが、それはもう激しく飛び交っていたんだからね。祠堂にいたときも洒落でけっこうチョコが飛び交ってたけど、共学ってすごいよね、わけわかんないくらいあっちでもこっちでもチョコだらけだったよ」

「どさくさ紛れということもある」

「ありませんー」

託生はこれみよがしにふざけて答えた。

笑ってしまう。相変わらず、ひいき目の激しいギイに、託生はくすぐったい気持ちになる。嬉しいけれど、ないものはない。

ギイもふわりと笑うと、

「託生は、なあ、そういう鈍感なトコ、遠恋《えんれん》のオレにはありがたいけど、一応言っておくけどな、間違ってもホワイトデー当日に、小腹が減ったからって、そいつに食べ物を渡すんじゃないぞ。期間限定チョコおすそわけの礼がしたいなら、ホワイトデーは外《はず》せ」

「わざわざホワイトデーになにかしたいと思ってるわけじゃないけど、それにしたって、ギイ、考え過ぎだし。気にし過ぎじゃない？」

「オレの記憶が確かなら」

冷静にギイが切り出す。「ピアノにしか興味のない天才肌のそいつが、託生が参加する打ち上げや託生が参加するイベントには、顔を出すんだよな？」

「うん。でも、たまたまだよ」

「託生の伴奏を教授からのレッスン課題のひとつとして与えられ、その課題は終了してるのに、未だに託生の伴奏を続けてるんだよな？」

「……うん」

「ほら、気に入られてる」

「それは、……ぼくにはあまり気を遣わなくていいから楽だとは、言われるけど」

気に入られてるって表現は、ちょっと。

「さっきの話を参考にして、キャーキャー騒がれるのが苦手なそいつとは真逆に、それを自分のエネルギーに変えられる先輩もいるんだろ？　——オレの記憶が確かなら」

「確かです。好対照のふたりです」

「モテを自覚し、武器にもしている先輩が、落とそうとしてるのにどうにも難攻不落なのが、そいつだろ？」

「そうです」

フルート科の先輩で、どうにかピアノ科の彼を自分の伴奏者にできないものかと、あの手この手で挑《いど》んでいる。

「託生はさ、三洲のときもそうだったけど、普通に、難攻不落を落とすよな」

「え？　三洲くんを？　ううん、落としてないよ？」

「落としてたよ。無自覚に」

「だって、ぜんぜん相手にされてなかったよ？　クリスマスイブのギイのパーティーだって、ぼくが誘ったときにはさらりと断られちゃったんだからね。でも、そのあとで野沢くんが誘って、そしたらオーケーしてくれたから、三洲くんを落としてたのは、ぼくじゃなくて野沢くんでは？」

「野沢は違う。三洲は野沢には落ちてないよ。託生からはそう見えてるかもしれないが、落としたってのは、難しい頼みごとを聞いてもらうって意味じゃないから」

「え……？　……ぜんぜんわかりません」

「だから、無自覚にって言ってるだろ」

ギイは意味深長に託生を眺めてから、「お前、佐智《さち》だって落としたじゃないか」

「はあああ!?　ややや、なに言っちゃってるんだよギイ！　井上《いのうえ》教授をいったい、いつぼくが落としたって言うんだよ！」

なんだその恐れ多い怖い表現！　やめろよ！

「今度の夏休み、オレは旅行に誘いたいんだが、託生？」

やけにドスを利かせてギイが訊く。

「——あ」

今度の夏休み、は、まずい。「ごめん。夏休みはちょっと、アルバイトを、井上教授から頼まれていて、まとまった日にちが、取れないかも……」

「な？」

「な。って、なに？」

「あいつ、オレより先に託生の予定を押さえたんだぞ。アルバイトで釣って」

「そりゃ釣られるよ。だって、音大生の生活はけっこう物入りなんだよギイ。いちいち親にお金を出してもらうのが申し訳ないくらい頻繁に、あれやこれやと必要になって。ぼくレベルだと、普通の家庭教師どころか、バイオリンを教えるバイトも難しいし」

なかには地方の楽器店で先生のバイトをしている学生もいるが、託生には誰かに楽器を教えるなんてハードルが高過ぎてとても無理だ。「なのに、一ヵ月のアルバイトで、ぼくの三ヵ月分の生活費を出してくれるんだよ？　断るわけがないだろう？」

「あいつ、託生の弱みにつけこんで。とんでもないよな」

「だからすごく助かるって話なんだけど、――ギイ？」

ちゃんとぼくの話、聞いてる？

「託生が、オレからの援助は受けないって強がるから、ややこしいことになるんだろ」

「強がってないよ？」

託生は即座に否定する。「いくらギイがぼくの恋人でも、じゃなくて、恋人が援助するなんて、よくないだろ？」

「逆だろ？　パトロンが恋人ってのが普通だろ？　グローバルスタンダードとしても」

「……そうなの？」

「そうだよ」

「あっ！　違う。飽くまでぼくの感覚だけど、それだとお金目当ての援助交際みたいじゃないか。嫌だよ、そんなの」

　ギイが富裕層の人間だから、下心ばりばりで付き合ってるみたいじゃないか。――嫌だよ、そんなの。「ショパンとジョルジュ・サンドのように、恋人同士でパトロンって例がないわけじゃないって知ってるけど、でもぼくは、恋人のギイに、いつも充分に甘えさせてもらってるから。今回だって、こうして海を渡って会いに来てくれたし。ギイがエスコートしてくれるときにはギイが全部支払いとかしてくれてて、それは、そこに関しては、甘えさせてもらおうって、恋人だから、甘えるのも大事かなって学習したから。でも、だから、それ以上は無理っていうか、自分のことは自分でちゃんとしないと、ぼくが、ギイの恋人として、恥ずかしいんだよ」

　託生のとっちらかった説明に、けれど、一所懸命な説明に、

「くっそー」

　ギイは低く唸ると、椅子からすっくと立ち上がり、「オレ、そういう託生が、すっげー好き！」

　託生をぎゅうっと抱きしめた。

「え？　なに？　なに？」

唐突な抱擁に、託生が戸惑う。

「わかった。じゃあ、オレもなにかのときには、託生にバイトを依頼する。ちゃんとしたやつ。な？　それならいいんだろ？」

「う、うん、バイトを紹介してもらえるのはすごくありがたいんだけど、あれ？　そういう話だったっけ？」

「佐智はお前をじわじわと囲い込む気だからな。次はオレが先手を打つ」

「待って。――あれ？　そういう話題だったっけ？」

「無自覚なのはしようがないし、託生は普通にしているだけで難攻不落を落とすから、それをやめろとは頼めない以上、せめてオレのアドバイスを受け入れてくれよ」

「アドバイス？　えっ？　え、待ってギイ。難攻不落をぼくが落としてるって前提で話を進めてるけどさ、ギイ？」

「ホワイトデーにはお菓子を持ち出さないこと。絶対に」

「待ってってば」

「誰にもお菓子を渡さないこと。ホワイトデー当日には。わかった？」

ぜんぜんわからないのだが、

「わかりました」

こうも押されては仕方あるまい。それに、遠距離恋愛中の恋人が（そんなことで）安心すると言うのなら、まったくぜんぜんやぶさかではない。

「キャーキャー騒がれるのだけがモテじゃないんだよ、託生くん」

ギイが軽く睨む。「お前、自然体でオレを落としたこと、もう少し自覚しろって」

そう言うギイは、ただそこにいるだけで託生を恋に落とした。

「ギイ、ぼくに落ちてるんだ？」

ときめきを隠して、冗談で返すと、

「落ちまくりだよ。責任取れよな、託生」

笑って、ギイは託生へチョコより甘いキスをした。

キスの途中、目の端に映るバイオリンのケースにそっと横たわるエーデルワイス。

可憐な夏の白い花。——尊い記憶。

あの花がどこからどうやって運ばれてきたのかその謎は解けそうにないけれど、不思議な贈り物をもらうのは、なんとなく、初めてではないような気がして、——気がしただけだが、ともあれ、託生はたいそうしあわせな心持ちだった。

形のない贈り物

Graduation

Shinobu Gotoh

「葉山先輩って、愛されてるんですねえ」

全寮制の男子校、祠堂学院高等学校、校内の図書室の貸し出しカウンターの内側。本日の図書当番で託生と一緒に作業することになった一年生が手を止めて、やけにしみじみと言った。

愛されてる⁉

危うく強く訊き返すところだったが、ここは図書室、お静かに。

「え。——誰に？」

だが託生も、さすがに作業の手が止まってしまう。

たいして親しくもない一年生に、——全寮制の男子校である。同じ下級生でも二年生ならば、既に一年間寝食を共にしているのだから、先輩である葉山託生についてそこそこ把握しているであろうが、託生の方もそこそこ把握しているが——しかも、しみじみと言われるとなると、託生としては〝タダゴトではない！〟レベルである。

「葉山先輩、久しぶりの図書当番ですよね」

しみじみとしたまま一年生が続ける。

「……うん」

先月の文化祭で、不慮の事故《トラブル》に巻き込まれ意識不明となった託生は救急車で病院へ運ばれた。意識が戻るまで、戻ってからもしばらくそのまま入院の日々を過ごし、両親やいろんな人からの気遣いを受け、退院してからも、そんなこんなで（まだ本調子ではないだろうから無理はするなよとのクラスメイトたちの気遣いにより）寮の部屋と教室とを往復するのみ、の、生活をしていた。

だがそんな生活をいつまでも送っていたならば、むしろちっとも本調子に戻れないし、気持ちの晴れようもないので、日を追うごとに以前と変わらぬ学校生活へと、自分なりに戻し、戻し、していた。――ギイは不在のままだけれど。

文化祭を境に、突然、学校を去ってしまったギイ。

前触れはなく、挨拶もなく、気づいたら皆の前から忽然といなくなっていた。

ギイが今、どこで何をしているのか、誰も知らない。託生はもちろん、祠堂学院で最も影響力のある島田御大こと島田先生を始めとした、祠堂の先生方ですら。

退院したばかりの頃の託生は、誰彼なしにギイの行方《ゆくえ》を訊かれたものだ。

崎義一と最も親しい（親しかった）と、皆が認める葉山託生、

「誰も知らなくても、葉山だけは、ギイの近況を知っているんだろ？　包み隠さず教えろよ、水臭いな」

と。

ギイの〝退学〟という〝現実〟を受け止めきれない彼を慕う友人たちが、

「本当に葉山、何も知らないんだな……」

そう、肩を落として納得するまでに少々時間がかかったし、彼らと同じくらい、託生にも時間が必要だった。

今日現在、気づくと誰も「ギイ」の名を口にしなくなった。禁句ということではなく、〝ギイの不在〟という、自分たちにとってあまりに大きな喪失感と激変に、一刻も早く慣れようとしているかのように。

「まず、赤池風紀委員長が本を借りにきて」

「元風紀委員長だよ」

すかさず訂正を入れる。

赤池章三は前期の風紀委員長である。

後期になり、委員長を含め委員会は一新された。新委員長はもちろん二年生の新しい委員から選ばれている。祠堂に入学し、ギイと友人になってからずっと彼の〝右腕〟と呼ばれる存在であり、託生への物言いにはまったく容赦がないのだが、いつもさりげなくフォローしてくれるのも赤池章三だった。

「三洲生徒会長まで、本を借りにきて」

「元生徒会長だね」

もちろん、生徒会役員も選挙後の新たなメンバーとなっている。

三洲は寮の二七〇号室（祠堂は階段長という役職を除き全室が二人部屋である）の、託生の同室者で、クラスメイトでもある。

毎日毎日、朝から晩まで顔を合わせているのに、さっきふらりと図書室に現れて、ふらりと本を借りていった。ぜんぜんそういう素振りではないが、三洲のことだ、託生の様子を見にきたのだ。

ありがたいけれども、心配され過ぎな気もする。

「一階の階段長の矢倉先輩と、仲良しの八津《やつ》先輩も本を借りにきて。——あの二人って、ものすごく目立つ先輩たちですよねえ」

一年生がちいさく唸る。

存在感ありありのクールな矢倉柾木《まさき》と、柔和な八津宏海《ひろみ》。

「だね」

とてもわかる。

階段長とは、四階建ての学生寮の各階に一人ずつ設けられている、お目付役のような相談役のような役職である。任期は一年間。寮内で事が起こると即刻駆り出される役職なので、階段長には個室が与えられ、なにかと不自由な全寮制の生活を生徒たちが円滑に送るための一助となる、先生よりは気楽で友人よりは頼もしい〝存在〟であった。

毎年、全校生徒の投票によって選ばれるので、人気投票もしくは人望のバロメーターの側面もあり、階段長は生徒会長やなんらかの委員長との兼任は（基本的に）できないことになっているので（どうしても兼任したい場合を除き、通常〝長〟の付く役は一人にひとつと決められている）、投票結果の上位四人がそのまま階段長になるわけではない。

「それから、吹奏楽部の野沢部長も本を借りにきて」

「元、だよ。吹部の三年生はもう引退してるから」

かなり珍しいと思われるが、創立以来吹奏楽部が存在していなかった祠堂学院に、入学してすぐに孤軍奮闘し吹奏楽部を立ち上げて、ほんの二年間でいっぱしの部へ育てあげた野沢政貴。静かで涼しげな外見とは真逆の、強い意志と情熱を秘めた男だ。既に部活は引退しているが、二階の階段長も兼任していた政貴の、階段長の任は変わらずである。——ギイも階段長だった。

ギイが使っていた三階のゼロ番、三〇〇号室。

階段長の不在が続いた三階の、あの一人部屋には、急遽選出された新たな三階の階段長がもう住んでいるのだろうか……。

「あと、剣道部エースの真行寺先輩と駒澤先輩も本を借りにきて」

「駒澤くんと真行寺くん、新しい部長と副部長なのに部活の途中で抜け出すなんて、よくないよなあ。一年生に対して示しがつかないよねえ」

「入れ違いに、僕たち四階の階段長吉沢先輩と高林先輩も本を借りにきて、って、て、葉山先輩っ！　本当に高林先輩って男子なんですか!?　違いますよね！　深い深ーい事情があって、性別を偽って祠堂に来てるんですよね！」

ここは図書室だというのにたまらず魂の雄叫《おたけ》びを上げた一年生。上げつつも声のボリュウムがちいさめなのはさすがの図書委員である。

にしても。——ああ。ここにも絶世の美少年の信奉者が……。

「夢を壊して悪いけど、深い事情はないし、高林くんは男子だよ」

「信じませんっ」

「だよね」

だと思った。うん。人は信じたいように信じる生き物なのだ、愚かしくも。

それが（ごく稀に）吉と出ることもあるけれど、どんなに信じたいように信じたところで〝真実〟は変わらないのである。——残念ながら。

「それから、評議委員の簑巌《みのいわ》先輩が本を返しにきて」

評議委員とはクラスの代表生徒、級長のことである。

「簑巌くんは、ぼくと同じクラスだからね」

級長として、クラスメイトとして、気に掛けてくれている。ちなみに前出の八津も（他のクラスの）評議委員である。「本の返却くらい、教室で渡してくれたら、ぼくがやっておくのにね」

『どんなふうか、ちょっと様子を見にきたんだよ』

おっとりと笑った簑巌玲二《れいじ》。——彼もまた、心配し過ぎである。

「あと、意味不明に松本先生がきて」

「一年と二年のときの担任だったんだ」

「校医の中山《なかやま》先生まできて」

「奥さんが司書の中山先生だし、ぼくに体調を訊いたのは、もののついでじゃないかな」

「それに今日の図書室の利用者、いつもよりぜんぜん多いですし」

「――かな？」

　人里離れた山奥の、広い敷地の中に建つ祠堂学院。図書室で借りた本を図書室で読まずとも、校内や構内にいくらでも静かで落ち着いて読める場所があるのである。

　本の貸借はさておき、放課後を図書室で過ごす生徒はいつもは数えるほどなのだが、確かに今日は人数が多い。そのうちの一人、片倉利久と目が合った。途端に人懐こくくしゃりと笑って、利久が託生へこっそりと手を振った。託生も笑みを作ってちいさく手を振り返す。すると、利久の隣で受験勉強をしていた岩下政史《いわしたまさし》が（自分に挨拶されたのかと誤解してか）慌てて託生にちいさく手を振り返した。――照れるぞこれは。

　岩下政史と手を振り合うなど初めてである。

　誤解なのだが、せっかくなので、このままにしておこう。

「放送部の平沢《ひらさわ》先輩まで本を借りにきたし」

「あれ？　平沢くん、知ってるんだ？」

　彼はそんなに目立つ存在ではないのにな。

「って！　めっちゃくちゃ良い声じゃないですかっ」

一年生が小声で力説する。「将来は、アナウンサーか声優になるといいと思うんですよね。憧れちゃいますよねっ」

「ふううむ、渋いところを突くね」

平沢伸之《のぶゆき》に憧れるとは実に渋い。うん。ぼくも大好きだけれどね、平沢くん。

「葉山先輩のことを気にして、たくさんの先輩や先生が次々に図書室に現れたから、それで、ああ、葉山先輩ってみんなに愛されてるんだなあって、感じ入った次第です」

一年生が、まとめた。

「――なるほど」

理解しました。

あの一件でギイが強制帰国となり、突然託生たちの前から姿を消してしまい、それでなくても頭にケガを負い、状況がまったくわからなかった託生は不安でたまらなかったのだが、そんな託生を皆が気遣ってくれた。

病院へ見舞いに来てくれただけでなく、退院して学校へ戻ってからも、教室や寮の部屋や学食やあちらこちらで、なにかにつけて託生を気遣ってくれた。

そうして気遣われているうちに託生はふと、彼らの後ろにギイを感じるようになった。

もし託生がギイと付き合っていなければ、恋人でなかったならば、ケガをした託生を見舞ってくれたのはおそらく利久ひとりきりだ。――間違いなく、利久だけだ。

ギイがいて、ギイを通して託生は、たくさんの友人たちと知り合い、ただ知り合うだけでなく、特別な絆を深めることができたのだ。

突然に消えてしまったギイ。

だけどギイ、ぼくは今も、きみを感じる。

彼らの後ろに、彼らの隣に。

きみはそんなつもりではなかったかもしれないけれど、まるでこのたくさんの友人たちが、一足先に祠堂を巣立っていかざるを得なかったきみからぼくへの贈り物のようだよ。

ありがとうギイ。ぼくは頑張るからね。

きみが世界中のどこにいようと、今度はぼくが、絶対に、きみに、会いに行く。

春へのステップ

冬の物語

Graduation

Shinobu Gotoh

約束していた時間に相手が不在。

自分の事務所『黒川プロモーション』を社長自ら案内するという真行寺との約束の時間の直前に、一本の電話による〝どうしても出向かねばならぬ用事〟ができた黒川は、

「すぐ戻る！」

と飛び出していったそうで。――未だ戻らず。

入院するほどのケガをしていたのに（真行寺とほぼ入れ違いの退院であった）、咄嗟に飛び出していけるほど元気になられたのは大変に喜ばしいと思うのだが。

すぐ戻る。

……すぐって何分？　何十分？　いや、何時間くらいなのかな？

ぼんやりと真行寺は考える。

真行寺としては、近くのファミレスで待たせている（強引についてきて勝手に待っているのだが、それはさておき）三洲たちが気になる。

もし一時間以上かかりそうならメールを入れろと言われて（命令されて？）いた。そん

なこんなで真行寺としてはけっこうな待ちぼうけをくらっている最中なのだが、さすがにまだ一時間は経っていないのでメールに関しては様子見である。

今年になって立ち上げたばかりの芸能事務所。――立ち上げた直後に黒川社長はケガで入院してしまったらしい。残された人たちは、それはもう大変だったらしい――壁には、ただひとりの所属タレントのポスターが何枚も貼られ、室内にほとんど物が置かれていないガランとした印象が、それを裏付けていた。

接客用のソファすらなく、簡易な椅子（事務用の椅子だ）を勧められ、真行寺は素直にそこへ腰掛けて、社長の黒川が戻ってくるのをおとなしく待っていた。

不在の黒川の代わりに真行寺を出迎えた、事務員ではなく〝スタッフ〟と名乗った梶谷《かじたに》という妙齢の女性は、来客用の湯呑み茶碗で真行寺へほうじ茶を出してくれてから、自分用のマグカップに淹れたほうじ茶を傍らに、奥の窓際の事務机で黙々と事務作業をこなしていた。

梶谷は、松葉杖を突いた片足ギプスの真行寺を上から下まで胡散臭そうに眺め、簡潔に状況を説明したのちに、――要するに、真行寺を放置したのであった。

よって、ふたりに会話はなし。

時計の秒針が進むカチコチという音すら聞こえてきそうなシンとした静寂が、ふたりを包んで、は、いなかった。

隣接した部屋に、もうひとりいた。

ドアは取り外されているのか、端《はな》からないのか、大きめのドアひとつ分の空間から隣室で流れる音楽と、絶え間無く床を踏むステップの音が聞こえていた。

同じ曲が延々と。

真行寺はそっと椅子の位置をずらして視界の隅から隣室を覗く。

壁の一面が鏡張りにされたダンスのレッスン室。バレエレッスンで使うバーも付いている鏡の前で、同じ曲を延々と踊り続ける少女がいた。

ただひとりの所属タレントである『莉央』。名字はなく、ただ、莉央。

アイドルにも芸能人にも残念ながら詳しくない真行寺には、彼女に関する知識がまったくなかった。黒川が前もって説明してくれたところによれば、莉央は以前に黒川が勤めていた大手芸能事務所のアイドルグループに所属していたが、黒川の独立と芸能事務所立ち上げを機にグループを卒業し、黒川の下でソロ活動を始めたのだそうだ。

勝手な真行寺のイメージだが、それなりの年月をアイドルグループのメンバーとして活動してからのソロ活動、ということで、無意識に自分よりも年上だと思い込んでいた。あまりに自然にそう思い込んでいたので、ダンスしている莉央を見て、真行寺は軽く衝撃を受けた。

ポスターの彼女が大人びて写っていたからか、――ぜんぜん幼い。真行寺が直《じか》に自分の目で見たリアルな莉央は、体型の華奢《きゃしゃ》さや化粧していないすっぴんのあどけなさのせいか中学生くらいに見えた。

真行寺より年上どころか、いったい何歳、年下なのだ!?

というか、あの若さで、アイドルグループを〝卒業〟したのか？

――芸能界って、いったい……？

莉央は歌唱の入っている音源に合わせ、片手にマイク（のようなもの）を持ち、口パクで歌いつつ、激しい振り付けの曲を踊る。

真冬なのに全身にびっしょりと汗をかき、気になる箇所は音を止め、何度となく振り付けを繰り返す。呼吸は上がりっぱなしなのに、彼女を指導する者も監視する者もいないのに、彼女は音楽を止めない。ダンスをやめない。

真行寺はいつしか、食い入るように莉央を見つめていた。

そして、僅かな変化に気づき始めた。

振り付けはまったく同じなのに、回数を重ねるごとに少しずつダンスのキレが上がり、一瞬の決めポーズの精度と、全体的な魅せ方が、効果的になってゆく。

「……すごい」

茫然と呟いたとき、

「だろう？」

耳の側で男の声がした。――黒川のではない、聞き覚えのない若い男の声だ。

真行寺はぎょっとして、驚きのあまり椅子から転げ落ちそうになった。

「おっと！」

真行寺と同じ年齢くらいの若い男が素早く真行寺の体を支えて、椅子から落ちないようにしてくれた。「悪い悪い、いきなり話しかけてごめんな」

謝りながらニコニコと笑う。——初対面にもかかわらず、あっけらかんとした愛想の良さ。それもまた、真行寺には（やや）不気味だ。

梶谷が顔を上げ、

「あら、晴臣《はるおみ》くん」

きさくに話しかけた。「久しぶりね。大学は？」

はるおみくん？　大学？　この若い男は見た目どおりに若くて、大学生なのか？

「さすがにもう冬休みですよ、カンコちゃん。ようやく時間が作れたので、家族代表で莉央の様子を見にきました」

梶谷は事務椅子からギッと立ち上がると、

「なにか飲む？」

と、訊く。

晴臣は、室内に漂う香ばしい匂いとの答え合わせをするように、真行寺に出されている湯呑み茶碗と、梶谷の机のマグカップにすっと視線を滑らせてから、

「俺にも、ほうじ茶をください」

と、朗らかに答えた。

「さっき淹れたばかりだから手間がかからなくて私は助かるけど、二煎目だし、味、薄く

なるわよ？」

梶谷の確認に、

「味が薄いのはぜんぜん、むしろウエルカムですよ。その代わり、できるだけ熱いのをお願いします。外が寒かったので」

晴臣がリクエストする。

事務所内はかなり暖房が効いているが、ここまで寒風の中を徒歩で来た晴臣には、熱い飲み物がありがたい。

「それならお安い御用よ」

梶谷は笑い、「晴臣くん、一応紹介しておくわね、その子は真行寺兼満くん。黒川社長が、入院していた病院で同じ病室だった彼を、なぜかナンパしてきたの」

ざっくりと説明した。

「――ナンパ？」

驚いたように繰り返し、「黒川さんが？　珍しいことするなあ」

そして驚いたまま、真行寺を見る。

釈然としない胸の内を笑顔で隠しつつ〝なぜか〟を強調した梶谷と、心底驚いた様子の晴臣。梶谷から滲み出るよそよそしさは、初対面の距離感とは別もので、おそらく真行寺は梶谷に歓迎されていないのだ。

その理由を図々しく訊くわけにはいかないが、もしかしたら、黒川社長が熱心に何度となく真行寺を事務所の見学に誘ったからかもしれない。――誘いを真に受けて、真行寺がのこのこと事務所の見学に現れたから、かもしれない。

「シンギョウジ、カネミツ、くん。へえ、そのまま芸名で通用しそうな名前だ」

からりと笑った晴臣は、「俺は斉木《さいき》晴臣、莉央の兄です。はじめまして」

「あの子の、……お兄さん？」

隣室でひとり延々とダンスのレッスンを続けている？　ということは、「もしかして、兄妹で芸能人、なんですか？」

服装こそ普通だが、腰まである長い髪を後ろでひとつに縛り、一般人にはとても見えない華やかな雰囲気を纏った、彫りの深い派手な顔立ちの男である。

晴臣は、弾けるように笑って、

「いやいや、その誤解は嬉しいけど、俺は、バンド活動はしてるけどアマチュアだし、芸能人ではないよ」

――バンド！　それだ！　いかにも、そんな雰囲気だ。

「カネミツくんも、音楽やってるのかい？」

「いえ、やってません」

カラオケですら、人前で歌うことは滅多にない。――下手なので恥ずかしい。

「あ、ならば、モデル志望か」

「――は？」

「違う？　だとすると、役者志望？」

「……あの」

「え？　歌手でもなく、モデルでもなく、役者志望でもないとすると、――カネミツくんは、なにを志望してるの？」

訊かれて真行寺は返事に詰まる。――なにを志望しているのか。

その問いは、今の真行寺には、惨《むご》くて、辛い。

「あら。なに、あなた」

晴臣にお茶を出した梶谷が撥《は》ねたように訊く。「芸能界志望じゃないの？」

「ち、違います。俺は、芸能界とかは、ぜんぜん」

「ならばどうして、うちの事務所を見学に？」

「黒川さんに、あまりに熱心に、声を掛けてもらったので」

「つまり、黒川の執拗な誘いに圧され負けて？」

「……はい。すみません」

「謝ることはないけど、一度、見学に訪れれば、それで黒川の気が済んで、執拗な誘いから解放されるかもしれない、と、そういうこと？」

「……はい」

「でも、ここが芸能事務所だということは知っていたんでしょ？」

「ここへの道順を教えてもらったときに、聞きました」

「――って、いつの話？」

「先週、です」

「先週？　つい最近じゃない」

梶谷は、少し声を低くして、「それで？　芸能事務所だと知って、すけべ心が湧いた、とか？　自分、芸能人にスカウトされちゃうのかな、とかって？」

「いえ、俺は、そういうのは……」

芸能界には興味も関心もない。むしろ、避けたいジャンルである。

高校時代、真行寺が文化祭の舞台に立つことにすら（そうと真行寺に気取られないように振る舞ってはいたけれど）淡々と不機嫌だった三洲新。芸能界という場所は、文化祭の舞台の比ではない。

というか、事務所を見学するというだけで、三洲は既に不機嫌なのだ。表情にこそ出さないが、であればこそ強引についてきて、終わるのをファミレスで待っている。

この上にスカウトとか、とんでもない。そんなことになったなら、三洲からどんな仕打ちをされるのか考えるだけで恐ろしい。――妬かれてるようで嬉しいけれども、不要なストレスを三洲に与えたくはなかった。

なので、ここはきっちり否定する。

「スカウトされたとしても、断ります」

「――あら」

なまいき。

と、ちいさく続けた梶谷の声は聞こえなかったふりをして、

「や、スカウト、されてないですし、もし、仮に、スカウトされたとしても、という意味で、って、……あれ？」

言いながら、真行寺は混乱してくる。もし仮に、とか、それはそれで、うぬぼれが過ぎるか？　さては、やらかした、か？

みるみる狼狽する真行寺へ、梶谷はくすりと笑うと、

「まずいわ。今、ちょっと、わかっちゃった」

そして、「真行寺くん、きつく当たってごめんなさいね。おとなげなかったわ」

と、続けた。

段ボール箱に入れられ野《の》晒《ざら》しになっていた仔犬が、雨に打たれ続けて衰弱していた。通りかかった黒川は、捨ててはおけなかったのだ。体育大学へ進学し得意種目は剣道、だがアクシデントによる足の大ケガで入院となり、苛酷なリハビリを重ねても正常な状態に戻るかどうかはわからないという、真行寺兼満が置かれた厳しい現実。絶望に、心が折れかけている日々。

なのに彼は腐りもせず、精一杯に周囲の気持ちを慮ろうとする。

十代の若さで古株扱いされ、後進の幼い少女たちにばかり事務所の大人たちが注力を続け、ゆるゆると飼い殺し状態にされていたけれども、腐ることなく日々ハードなレッスン

を重ねていた莉央。活動の場を日に日に減らされていく中で、希望がないのに努力し続けているその姿だけでなく、誰より稀有《けう》な才能を秘めていた莉央をとうていそのままには捨て置けず、大手芸能事務所のチーフマネージャーという地位を手放し、個人事務所を立ち上げる決意をした黒川。

――そうか、またしても、捨ててはおけなかったのか。

梶谷は、マネージャーとして元上司の黒川の才能に惚れていたし、なにより、梶谷こそ莉央の才能に惚れていた。だから黒川の独立の話を（莉央のために個人事務所を立ち上げると）小耳に挟んだときには、一も二もなく黒川へ自分を売り込んだ。なんとしてもスタッフとして雇ってくれと猛突進して、了承を得るまで直談判を重ねたのであった。

「わかった！　雑用をこなしてくれるアルバイトを欲しがっていたから、もしかして、その候補かも」

梶谷のセリフに、

「アルバイト？」

真行寺が（初めて）食いついた。「雑用のアルバイト、募集してるんですか？」

それならば話は別だ。ぜんぜん別だ。

アルバイトはしたい。ぜひともしたい。ケガの状態からして今年度はもう大学へは戻れそうにないので、入院早々に母が大学へ休学届を出していた。この期間は治療に専念すべきだが、それはそれとして、少しでもいいから稼ぎたい。母が背負うことになる金銭的負担を減らしたい。

「俺にでもできそうなアルバイトがあるんですか!?」

怖っかなびっくりに警戒していたそれまでとは、打って変わった、俄然、生き生きとした真行寺に、梶谷だけでなく、晴臣も噴き出す。

「そうね、雑用ならば次から次へと、きりがないから。こまごましたもの以外に力仕事もあるし、ただし――」

迂闊には雇えない。雑用だからといって誰でもかまわないということではない。莉央に関わる仕事なのだ、おかしな人物は、不埒《ふらち》な輩《やから》は、絶対に！　雇うわけにはいかない。と言いかけたものの梶谷は、真行寺兼満にこの説明は不要だと気づいた。「――というか、でも、その足だと、難しいかしら」

「もうリハビリ始めているので、リハビリも兼ねて、体、動かしたいですし、力仕事もしたいです！」

「面白いなあ、きみ」

晴臣はけらけらと笑い、「今日は面白い出会いが続くなあ。莉央を心配して事務所へ来たけど、なんて幸先《さいさき》が良いんだろう」

「面白い出会い？」

梶谷が関心を示す。

「そうなんですよカンコちゃん。さっき偶然、すぐそこの楽器店で、高校時代に遊びに行った祠堂学院という高校の文化祭で知り合った子と、バッタリ会って」

「――祠堂学院!?」

つい、真行寺の声が大きくなる。「お、俺の、母校です」

「はいぃ!?」

晴臣が驚く。

「モテの自覚のある男子はこれだから。文化祭で可愛い女子をまたナンパしたんでしょ、晴臣くん。イケメンはずっと覚えていてもらえていいわねえ、しかも再会を喜ばれたりするんでしょ?」

すかさずの梶谷のからかいに、

「祠堂学院は、男子校です」

真行寺は律義に訂正する。

「男子校なの? え、じゃあ、男子校の文化祭に遊びに来ていた他校の女子高生をナンパしたってこと?」

なんて、マメ。

と、呟く梶谷の傍らで、

「……楽器店?」

とは、もしや、「……葉山先輩?」

いや、だが、そんな偶然って、あるのだろうか?

「イケメンといえばカンコちゃん、とんでもないイケメンがいましたよ、その祠堂学院に。きみ、多分、知ってるよね？」

「――とんでもないイケメン？」

　梶谷はふふんと鼻で笑うと、「晴臣くん、私のイケメンハードルの高さ、お忘れですか？　イケメンの宝庫、芸能界で仕事を続けて早幾歳《はやいくとせ》、もうね、そんじょそこらのイケメンは、私にとってはイケメンじゃないから。目が肥えて肥えて肥えまくっちゃってるんだから。その証拠に、晴臣くんも普通のイケメンだし、真行寺くんも、ただのイケメンにしか映ってないから」

「カンコちゃん、釈迦《しゃか》に説法と承知だけれど、カネミツくんはただのイケメンではなく相当なイケメンだと思うし、雑用のバイトをさせるより、タレントとして契約した方がこの事務所にとっても良い気がするよ」

「ご冗談を。――なんのために黒川がこの事務所を立ち上げて、私も、向こうを退職してここに移ったとお思い？　莉央のためよ。全力で、莉央をサポートするため。全力でよ。余所《よそ》に力を割《さ》くつもりはこれっぽっちもないの」

　梶谷の気迫の籠もった強い語気に、真行寺は思わず背筋が伸びた。

「それはわかってますけど。俺も兄として、いえ、うちの家族も、だからこそ、黒川さんに莉央をお任せしようと決意したわけですし」

「黒川がどんなつもりでこの子を連れて来たのかは、戻ったらきっちりと確認させてもらいますけど、いくら社長でも、莉央のソロデビューの成否がかかっているこの大事な大事な時機に、莉央以外のタレントをスカウトしようだなんてふざけたことを言い出したら、ただでは済ませないわよ」

「物騒だなあ、カンコちゃん」

明るく笑った晴臣は、「ごめん。冗談抜きで、本当に感謝してる。俺だって、なにができるかわからないけどとてもじっとはしていられなくて、ここへ駆けつけたわけだし」

真行寺たちが話している最中も、隣室の音楽とステップを踏む音は途切れなかった。

――ソロの成否に賭けている。

言葉にすればそれだけだが、それが、いかほどの怖さを秘めているか、芸能界に詳しくない真行寺にでも想像に難くない。

自分の全部を懸けた夢が敗れる可能性がかかっている。――怖くないわけがない。

だからこそ彼女は踊りの練習を止めないのだろうか。絶対に、不安に押し潰されたくないから。踊ることで、懸命に闘い続けているのだろうか。

「……すごいな」

まだ十代の、――あんなにあどけない少女なのに。

そのときだった、

「さあ、どうぞどうぞ、遠慮なく入って」

黒川の晴れやかな声が入り口のあたりから聞こえてきた。

「あ！　ようやく戻ってきたわ、社長」

梶谷が機敏に動く。入り口まで迎えに出た梶谷は、「きゃっ」と短く叫ぶと、入り口を向いたまま、顔を真っ赤にして、やけにぎくしゃくとした足取りで、小刻みに後ずさってきた。

「……カンコちゃん？」

梶谷の不可解な動きに、晴臣が訝しげに声を掛ける。

「おう、晴臣くんも顔を出してくれてたのか。今日は千客万来だなあ」

上機嫌の黒川と、その後ろからぞろぞろと――。

「あれ？」

と、晴臣。

「――あ」

と、託生。

ふたりの目が合っただけでなく、託生の隣に、かの、とんでもないイケメンくんが！

そうでした、この子とセットだったっけ。祠堂学院の文化祭、教室を使った甘味処で、晴臣は（初対面なのに、なぜか）思いっきりこのイケメンくんに睨まれたのだ。――噂をすれば影が差すと言うけれど、やはりあの諺《ことわざ》は真理なのだな。

そして今、再び睨まれる。――とんでもないイケメンくんが晴臣を見て、咄嗟に反応した。なんと、あちらもこちらを覚えていたとは。

「え？　え？　え？　え？　いったいなにが起きてるの？」

梶谷がきょろきょろと皆を見回しながら動揺する。

「なんだ、なんだ？　もしかして晴臣くん、彼らと知り合いだったのか？」

嬉しそうに黒川は、「人の縁というのは、実に面白いなあ」

と、破顔した。


「おはようございます！」

元気に挨拶して事務所へ入る。朝なので挨拶として正しいが、この業界では、真夜中であっても挨拶は「おはようございます」なのだそうだ。

変わっている。

「あ、おはようございます、真行寺さん」

椅子から立ち上がり、丁寧に頭を下げた莉央に、真行寺はびびる。

「や、わ、わざわざ、立ち上がらなくて、だっ、大丈夫ですっ、莉央サンっ」

真行寺は器用に松葉杖を突きながら、「カン、じゃない、梶谷さんは、まだですか？」

と、訊いた。

晴臣から「カンコちゃん」と呼ばれていたが、梶谷の下の名前は幹子。「みきこ」と読むのが正しくて「カンコちゃん」とは愛称であった。よほど親しい間柄でないとそう呼ばせないので、真行寺には使用禁止となった。――ところが、崎義一には、「カンコちゃんと呼んでくださいね」と赤面しつつも積極的に売り込んでいたので、まあ、そういうことなのであろう。

「スタジオを使わせてもらいたかったから、今朝は莉央が事務所の鍵を開けました。梶谷さんは、あと三十分くらいで出社すると思います」

「わかりました。えっと、そしたら、俺、ソッコー、スタジオの掃除しちゃいますね」

本当は、莉央が来る前にスタジオの掃除を済ませておきたかった。莉央が事務所に来たらすぐに練習を始められるように。

「なら、莉央もやります、お掃除」

莉央がにっこりと笑う。

「いや、それ、俺の仕事なんで」

雑用係のアルバイトとして雇ってもらった以上、大事な所属タレントに掃除を手伝わせるとか、あとで梶谷から大目玉をくらうことであろう。「莉央サンは、今、なにしてらしたんですか？」

事務所のデスクに座って、なにやら作業をしていた。

「……ファンレターのお返事を、書いてました」

莉央がはにかむ。

「えっ!?　返事って、まさか一通ずつ書いてるんですか？」

「グループ活動していたときは、メンバーの集合写真に皆でサインしたものをハガキにして、あ、ものすごくたくさんいただいていたので印刷だったんですけど、それを事務所のスタッフの人がお返事として送ってくれて。ソロになってからは、そんなにファンレターをいただくこともなくなったので、ひとりずつ、お返事が書けるのが嬉しいなって」

真行寺はじんわりと感動する。ファンレターが激減していることを、莉央は、嘆くのではなくて、

「莉央サン、グループで活動していたときも、本当は、ひとりずつにファンレターの返事を書きたかったんですか？」

「グループでひとりだけそんなことをしたら、皆から抜け駆けって怒られちゃうし、現実的にも無理だから、でも、心を込めて書いてくれたんだなって伝わるから、できれば莉央も、どんなに時間がかかっても、お返事書きたかったなあって、思ってました」

すごいなあ、莉央さん……。

失ったものは大きいだろうに、ちゃんと切り換えて、今、できることを、心を込めてやろうとしている。

「莉央サン、俺、めっちゃ応援してますから！」

「――はい？」

莉央がきょとんと真行寺を見上げる。

「俺、莉央サンの大ファンになっちゃったんで、めちゃくちゃ応援します！」

正月休みが明けたなら再入院のはずだったのに、そのまま退院となった。一時退院が本退院に。三洲によれば、これまた病院あるあるらしい。通院でのリハビリに切り替わる。真行寺にとっては願ったり叶ったりの展開だった。

事務所のアルバイトを決めた真行寺を、三洲は、なにか言いたげだったが、やるからにはアルバイトとはいえ中途半端な仕事をするなと送り出してくれた。

母へも、正直に打ち明けた。せめて復学するまでの数ヵ月間、アルバイトがしたいと。受け身で、ただじっと治療に専念するのではなく——引き籠もっていると、世界から取り残されそうで不安になる——自分にもできる何かをしたいという息子の気持ちを汲んで、ケガが悪化するようなアルバイトでなければいいわよと、母は許してくれた。

「……ありがとう、真行寺さん」

莉央は肩を竦めて、ちいさくはにかむ。

もしかしたら、大学に復学してもこのアルバイトは続けるかもしれない。——その場しのぎのアルバイトではなくて。

真行寺は、本気で莉央を応援したい。見守りたい。

今の自分にできることを、全力で、やり遂げてみたい。

ごとうしのぶ

2月11日生まれ。水瓶座、B型。静岡県在住。

ピアノ教師を経て小説家に。著作に累計500万部を突破した「タクミくん」シリーズをはじめ、「崎義一の優雅なる生活」「カナデ、奏でます!」「シンプル・カオス」「ブラス・セッション・ラヴァーズ」各シリーズなどがある。

初出

「卒業　冬の物語」「あかい瞳がつなぐもの　秋の物語」「エーデルワイス　春の物語」「形のない贈り物」は、ごとうしのぶ個人誌『真冬の麗人 2016』『真冬の麗人 2017』『春風の麗人 2018』『初夏の麗人 2019』『春風の麗人 2020』収録作品に、大幅に加筆修正・改題等を行い、再編集したものです。

「春へのステップ　冬の物語」は、本書のための書き下ろしです。

卒《そつ》業《ぎょう》

2021年11月29日　第1刷発行
2022年2月9日　第2刷発行

著者　ごとうしのぶ
発行者　鈴木章一
発行所　株式会社講談社　〒112-8001 東京都文京区音羽 2-12-21
☎ 03-5395-3506 (出版)
☎ 03-5395-5817 (販売)
☎ 03-5395-3615 (業務)

本文データ制作　講談社デジタル製作
印刷所　豊国印刷株式会社
製本所　株式会社若林製本工場

KODANSHA

ISBN978-4-06-526203-0
N.D.C.913 254p 19cm